SHIMANDUR

A CIDADE DA CHUVA

Design da capa: Marcelo Salomão
Diagramação eletrônica: Tino Chagas
Revisão: Ivana Mattiazzo Casella

Código Devir: DEV333117
ISBN / Código de Barras: 978-85-7532-625-1
1ª Edição: novembro/2015

Dados Internacionais de Catalogação na Publicação (CIP)
(Câmara Brasileira do Livro, SP, Brasil)

Bezarias, Caio
Shimandur : a cidade da chuva / Caio Bezarias. -- São Paulo : Devir, 2015. -- (Coleção quymera)

1. Ficção brasileira 2. Ficção de fantasia I. Título. II. Série.

15-09837 CDD-869.93

Índices para catálogo sistemático:

1. Ficção de fantasia : Literatura brasileira 869.93

DEVIR

Brasil
Rua Teodureto Souto 624
Cambuci
CEP 01539-000
São Paulo — SP
Fone: (0xx) 11 2127-8787
sac@devir.com.br

Portugal
Pólo Industrial Brejos de
Carreteiros
Armazém 4, Escritório 2
Olhos de Água
2950-554 — Palmela
Fone: 212-139445
devir@devir.pt

visite nosso site: www.devir.com.br

Quymera

SHIMANDUR

A CIDADE DA CHUVA

Caio Bezarias

DEVIR

Na direção da qual provêm os doces ventos emanados do interior do Senhor Maior para anunciar a doçura primaveril, a direção que nós fracos e falíveis mortais alcunhamos sussudeste, lá, no Valesh, o Continente da Perdição, castigados sejam seus habitantes fornicadores, não distante do Grande Oceano do Sul ou Mar Sulista, em que chafurdavam todos os leviatãs dos piores pesadelos dos marinheiros. Lá, separada do Oceano por uma curta, mas densa e medonha, barreira de morros sombrios conhecida como a Escuridão Verde, ergue-se uma cidade, corrupta e corruptora como todas as metrópoles, filhas que são da luxúria e corrupção. Uma cidade, uma metrópole, imponente e poderosa cuja natureza desviada e perversa se anuncia no seu relevo, pois ela ergue-se em um planalto alto e liso que se assenta entre serras e morros, irrompe entre eles como uma excrescência expulsa das entranhas da terra. Cidade esta que se assenta sobre o mais estranho planalto de todo o continente meridional, um lugar habitado por gente arrojada, ativa e arrogante, homens e mulheres vaidosos, trajados em roupas de tecidos finos e enfeitados, que não se curvam aos desígnios superiores mas desfilam cabeças eretas e olhares arrogantes a desafiar os céus.

Shimandur é seu nome, palavra envolvente, sonora e pérfida, como o sibilar da serpente, e cujo significado felizmente se perdeu, pois oriundo da língua do extinto povo nativo desse abismo — pagãos ferozes de pele amorenada, dados ao canibalismo, que alguns ingênuos e iludidos pelas artimanhas da Fera diziam ser puros e inocentes. Um aglomerado desconexo de baixios e várzeas lisos, cortados pelo leito de muitos rios e riachos, cercados por elevações quase em vertical, de variegadas dimensões, que surgem abruptamente das entranhas do Fundamento para castigar os pecados e vaidades dessa gente, ou segundo os desígnios insondáveis das forças naturais ou de poderes malignos, pregam outros.

Trata-se da principal das cidades-estado do Valesh que surgiram das antigas missões do Krulesh, as cidades que, movidas pela ganância, orgulho e vaidade, se rebelaram contra seus pais espirituais e senhores, e exigiram independência, cometeram e repetiram o pecado primeiro da rebeldia e desejaram viver como bem entendessem, sem prestar contas aos mais antigos e sábios. Sim, são as cidades que um dia foram as colônias conhecidas como as antigas Missões Sagradas, que perderam seu caráter sagrado e se tornaram autônomas, aproveitando-se da desordem e do mal que cobriu o mundo após as medonhas Guerras que Vieram do Céu para se emanciparem e mergulharem na escuridão.

Não satisfeitas, Shimandur e suas irmãs — com as quais trava relações que poderíamos classificar como do ódio mais cáustico ao incesto mais nauseante — espalharam seu poder e influência, além de sua depravação e perdição, sobre um território, na maioria dos casos, bastante superior à área ocupada pela própria cidade. Território este que, para todos os fins, passou a pertencer em termos econômicos, culturais e políticos — em termos práticos e reais — à cidade-estado, mesmo que vilarejos, cidadezinhas e quaisquer aglomerações humanas legalmente independentes que tentassem viver segundo as leis da Luz e rejeitassem a escuridão que estivesse dentro desse espaço.

No entanto, essa metrópole colorida e variegada, repleta de orgulho, poder, reservas de ouro e pedras preciosas e tão carente de identidade e princípios, é mais conhecida mundo afora como o último lugar em todo o Fundamento, o Solo do mundo, juntamente com a sinistra Terra da Noite, no norte profundo do planeta, em que ainda há magia reconhecida e chamada por esse nome. É um dos últimos rincões desse mundo condenado em que a maldita emanação, o excremento da Fera, chamado de Manah por seus adoradores, ainda grassa livre.

— Das *Crônicas do Convertido,* também conhecido como "o Histérico", do qual todos sabem o verdadeiro nome, e que se intitulava "viajante-observador-moralista".

I. Alex

Francine abriu a janela de um golpe, olhou para o céu, e uma grande apreensão estampou-se no rosto vincado da vendedora de peixes. Nuvens pesadas e escuras, do cinza que obliterava os homens daquele lugar e fazia com que sentissem sua pequenez e fraqueza, estavam imóveis no céu. Ventava forte, mas as nuvens, obstinadas, permaneciam no mesmo lugar, esperando o momento de despejar sua carga de transtornos, violência, aberrações e talvez morte sobre os homens. Francine não desperdiçou tempo admirando mais o céu: com um salto venceu a pequena altura que separava seu quarto do jardim semiabandonado, foi ao terreno seco e liso onde um grupo de crianças brincava com tacos de madeira velha e garrafas, e chamou com severidade seus dois filhos e o sobrinho, três garotos queimados de sol, dois gêmeos de treze anos e um maior, entre dezesseis e dezessete, todos vestindo calções e camisetas de algodão cru, que responderam ao chamado largando os porretes — com ar desanimado, disseram aos amigos que não podiam ficar mais. O sobrinho, alto e forte para sua idade, cabelo e olhos muito escuros, correu até ela:

— Tia, somente mais uma partida. Assim que as primeiras gotas caírem, nós entramos. O campo fica em frente de casa!

— Lamento, Alex, mas não. Você sabe como a chuva é repentina nesta época do ano, e é impossível saber o que vai surgir. Imagine um bando de varanos ou uma montanha comedora surgindo bem entre vocês e nossa casa?

— Mas...

Ela girou a cabeça, num lamento sincero:

— Sem *mas*, já esqueceu por que teve que vir morar aqui?

O garoto juntou os braços ao redor do corpo, dirigiu à mulher de menos de quarenta anos, gasta por uma vida dura, um olhar de insatisfação raivosa, e tomou rumo à casa de paredes desbotadas. Seus primos, frustrados, o seguiram.

A mulher olhou para as suas três responsabilidades, enquanto passavam desoladas pela porta, com um pequeno aperto no peito. Não gostava de aplicar tanta severidade, mas a lembrança era por demais horrível. A imagem de sua irmã e cunhado retalhados pelo lagarto gigante a assombraria até o fim de seus dias. Alex fora acolhido por ela depois que seus pais — a irmã de Francine e o marido — foram despedaçados por um varano furioso.

Antes de entrar, lançou um olhar indiferente para os outros garotos.

Alex foi para seu quarto, a fortaleza onde seus sonhos e anseios podiam aflorar sem peias em sua alma fervente. Sentado numa banqueta, observava a paisagem que a janela revelava: a área próspera da cidade, os altos edifícios desafiando as nuvens a lhes causarem danos, coisa que jamais conseguiriam. Por que deveria ser assim? Por que só uma pequena parte da cidade zombava dos horrores da chuva?

Shimandur era a maior e mais importante cidade do sul do Valesh, o grande continente meridional do mundo. Observada da Cordilheira Fabulosa, ao sul, ou das Montanhas Mortas, ao norte, ela parecia exatamente o que era: um lugar antigo, impregnado de poder e histórias, em que despontavam prédios altos, quase todos cilíndricos, que se apinhavam no centro, cercados por uma desordenada e quase infinita massa de casas malfeitas e pobres que se espalhavam ao seu redor e cercavam os postos comerciais estabelecidos em cada ponto cardeal, sustento e razão de Shimandur. Predominava o marrom na cidade, devido ao uso indiscriminado de uma pedra semelhante a saibro nas paredes externas.

Alex, a tia e os primos habitavam na periferia sul de Shimandur. A cidade da chuva, a cidade amaldiçoada, a cidade dos monstros que acordam com a chuva, seus nomes malditos no Valesh.

Alex fixou o olhar nas nuvens, seus olhos cerraram-se. Como, como isso era possível? Como água pura e doce causava tanta destruição e mal? Uma cidade inteira castigada por uma magia que a tornava inabitável quando chovia. Assim que a água da chuva alcançava o solo, a desgraça se operava, e qualquer material orgânico, não importando seu estágio de decomposição, ganhava mais uma vez vida, porém transmutado nas mais selvagens e mortais criaturas que já tinham andado pelo Valesh. Muitas coisas que ele já vira desfilavam diante de seus olhos, as lembranças aumentadas e distorcidas pelas histórias que ouvia desde garotinho: criaturas de pesadelos saíam dos esgotos e buracos, em busca de vítimas, rangendo dentes que tinham sido costelas de shimandurianos mortos, estalando garras feitas de ossos de animais, respingando líquidos de cheiros terríveis pelo solo, movendo-se com patas feitas de carne putrefata. Criaturas ferozes e pavorosas como as *emas ranauras*, aves sanguinárias dotadas de olhos humanos frios e insuportáveis de serem encarados, e cujas asas atrofiadas terminavam em um esporão tão afiado que um golpe certeiro rasgava um homem; obscenidades como os lascivos *demosnois*, peludos humanoides rastejantes que invadiam as casas em busca de mulheres jovens que eram submetidas a sevícias de um tipo desconhecido entre os homens, posto que expressão de um desejo sexual inumano — ou os terríveis varanos, lagartos das mais diversas cores, do porte de um cavalo; além de serpentes de duas cabeças e muitos outros seres do folclore valeshio. E havia mais: construções de tempos e construtores desconhecidos ascendiam das profundezas da terra, rompiam o calçamento e elevavam-se até superarem os mais altos edifícios; paisagens aberrantes, cascatas e elevações feitas de blocos de rocha esculpidos em formas lisas e obscenas, ossos escuros e retorcidos ligados por fios de metal brilhante erguiam-se cidade afora, formas íngremes que a distância mostrava serem gigantes disformes petrificados nas mais selvagens situações sexuais, cobertos por terra e vegetação, cercando-a com uma atmosfera tão opressiva que todo tipo de desvario explodia nos fracos e sensíveis. Dizia o povo que eram a "lembração dos mortos", os shimandurianos mortos encarnados na terra e nas pedras, para atormentar os vivos como penitência por suas faltas.

Uma poderosa magia trazida pela chuva envolvia a cidade e tornava-a um inventário vivo das lendas e mitos do continente. Ou será que a magia já estava na cidade, aguardando o chamado das águas? Esse novo pensamento irrompeu na cabeça do rapaz como um raio que anuncia a tempestade. Seria possível? Que Shimandur estava amaldiçoada, isso era pacífico entre seus desafortunados habitantes. O que muito se discutia era a origem da maldição e como se processava aquela invasão do fantástico.

Um relâmpago dos mais intensos desenhou-se no ar, interrompendo os devaneios de Alex. Segundos depois o trovão ribombou, sendo ouvido por quilômetros. Então, uma massa compacta de cor cinza-azulada foi cuspida pelas nuvens em direção ao solo. Alex pensou nos seus amigos, desejou que estivessem em segurança e decidiu contar a eles a conjectura que formulara.

Ele ficou mais algum tempo olhando para a região central, dominada pela torre coberta de pedras esmaltadas em muitos tons de azul, a fortaleza e sede da Ordem dos Magos, até que em poucos minutos o mais deslumbrante espetáculo começara: torres delgadas, repletas de floreios nas paredes externas, começaram a sair do solo e insinuavam-se entre os prédios; torres ancestrais e imensas que no espaço de minutos cercavam o centro-sul da cidade. Ele já tinha visto de bem perto o surgimento de um desses prodígios: um tremor no solo, uma sensação de pavor correndo pelo frágil e pequeno corpo dos humanos, que sentiam as fundações de seu mundo abaladas, e então, como um ser que estava preso no fundo do oceano e retorna ao ar e à liberdade, a torre irrompe, para deter-se apenas quando está mais alta que os prédios centrais, a mais baixa e modesta delas humilhando a arquitetura da cidade maldita, exceção feita à torre da Ordem. Mas mesmo de longe a visão do nascer das torres era um espetáculo impressionante. Shimandur tinha seu aspecto alterado e as torres eram os elementos que mais tempo permaneciam na paisagem após o fim da chuva, não raro um dia inteiro ou mais, antes de retornarem ao solo em um mergulho tão espetacular quanto a ascensão. Os viajantes que a viam ao longe ou a visitavam chamavam-na de "a cidade das torres brilhantes" e estavam certos: nada se destacava mais, era tão imponente e conferia tanta grandeza a Shimandur: as paredes externas, que pareciam se elevar apenas para zombar dos olhos humanos, eram cobertas do solo ao topo por entalhes de uma beleza inebriante e que ao mesmo tempo sugeriam formas tão fortes e perturbadoras que era perigoso às pessoas de imaginação muito fértil e também às muito sensíveis, observá-las.

E essas marcas da sua origem abissal não eram tudo: quando o irromper das torres acontecia durante um fim de tarde ou começo de noite nebulosa, seus topos abriam-se num rápido clangor de portas e alavancas se chocando e enormes estruturas afiladas, feitas de chapas de cristal engastadas, postavam-se firmes e magníficas contra o céu nublado. Logo uma imensa tocha acendia-se em seu interior, as perfeitas paredes de cristal ampliando e espalhando pelo ar aquele brilho, tornando Shimandur ainda mais bela e deslumbrante a quem a contemplasse de longe, uma pequena miríade de luzes presas nos pontos mais altos, a iluminar a grande cidade. E seus eternos sofredores, os habitantes das áreas pobres da cidade, olhavam aquelas coisas — que por fim foram convertidas em autêntica atração turística e fonte de renda por alguns espertalhões, a zombar de sua desgraça com sua beleza sobrenatural —, olhavam a luz das tochas enormes, refletida na densa cobertura de nuvens com impossível perfeição, olhavam e pensavam e praguejavam: magia, magia, maldita magia!

De fato, a cidade tornava-se imponente como nunca, quando as torres lá estavam. Mas os shimandurianos resistiam a admitir que o esplendor maior de seu lar ocorresse durante seu pior momento. Era uma contradição por demais dolorosa.

Alex olhou fixamente para uma forma escura, quase uma sombra, muito distante, que se entrevia no extremo norte da cidade, em meio à cortina cinzenta da chuva. A Floresta dos Pesadelos Encarnados, na qual, diziam os mais velhos, escondia-se a fonte da maldição. Súbito, aquela paisagem — a única que ele conhecia em profundidade —, que sempre lhe transmitira um sentido funesto, pesou como um fardo que suportava há séculos, dia após dia, ano após ano, como um castigo por ter nascido na cidade maldita.

Do alto de seus dezesseis anos, o rapaz sentiu-se fatigado daquela vida, daquele mundo, e impregnou-se da mais poderosa e virtuosa raiva. Aquilo já durara demais! Ele estava farto, Shimandur estava farta. Sentiu uma indignação tremenda, o inconformismo de toda metrópole caía sobre ele. Seus olhos procuraram a massa de árvores. A fonte da desgraça residia lá? Pois seria despedaçada, esmagada! Ele juntaria tudo que fosse preciso para isso.

E seus pensamentos e energia dirigiram-se contra a floresta por muito tempo. Até que se recolhesse, horas se passaram.

II. Na Praça dos Heróis

A luz do fim de tarde anunciava a noite próxima. Alex fizera um sono curto, refazendo-se da ajuda que prestara à tia durante boa parte do dia. Acordou de um pulo e correu à janela. Shimandur parecia calma. Apenas seis torres cravadas em terrenos baldios e parques, distantes e vaporosas, lembravam o impossível da tarde anterior. Era o Sexto Dia, o primeiro do Descanso. Ele estava ansioso: queria encontrar seus amigos, tinha muito a falar, e as possibilidades do Descanso para um habitante da periferia eram modestas mas prazerosas: o torneio amoroso nas praças, a disputa entre garotas e rapazes na busca de prazer e romance que substituíssem o cansaço; reunir-se com amigos e conhecidos nas tavernas, contando e ouvindo histórias. Coisas simples, mas plenas de valor e sentido para ele e a trupe de pequenos rebeldes que eram os seus amigos.

Lavou-se na tina de madeira posta ao lado de sua cama, vestiu uma calça negra, uma camisa azul de linho grosseiro, um par de botas de couro negro com solado novo e grosso, arrumou os cabelos curtos e ondulados com os dedos e desceu as escadas, até a cozinha. Sua tia estava sentada, lendo um jornal de dois dias atrás, enquanto bebia um café perfumado com ervas, que ela mesmo fizera. Sem se intimidar com o olhar inquisidor e experiente da mulher, ele colocou uma porção de queijo cremoso entre duas fatias de pão de milho, apanhou duas maçãs de um cesto, encheu um copo de café misturado com leite e sentou-se ao lado.

— Para onde vai? — perguntou Francine, sem desviar os olhos do jornal.

— Ah, nada de especial. Vou para a Praça Suprema encontrar meus amigos.

— E as moças, é claro.

— Claro — respondeu, sem jeito, baixando os olhos para a bebida.

A mulher emitiu um suspiro fraco, quase dramático, e disse:

— Você já é grande. Não posso te prender mais. Tome cuidado. A água da chuva não se foi de todo e ainda há muita coisa à solta pelas ruas.

Alex pousou o copo na mesa, engoliu um grande pedaço do sanduíche e perguntou:

— Tia, por que Shimandur vira esse inferno quando chove? Ninguém sabe dar fim nisso? Como uma maldição feita há cem anos pode persistir tanto? Ouço falar de maldição, de segredo escondido na floresta do norte desde criança, mas fico pensando, existem magos aqui desde muito antes disso, os mestres da Escola de Ofícios sempre repetem que havia magos entre os Fundadores, por que ainda não encontraram a fonte da maldição e acabaram com ela?

Francine largou o jornal, fitou os olhos do sobrinho, e respondeu no tom que se usa para responder a um jovem quando ele faz perguntas incômodas:

— Você conhece a história. Dizem que aqui onde estamos houve uma guerra entre os antigos valeshios e os bruxos do norte.

— Sim. E que esses bruxos quiseram tomar a região para eles. Houve guerra e um dos bruxos teve a família morta por shimandurianos. Como vingança, ele rogou uma maldição sobre a cidade: que a chuva trouxesse com ela monstros e transtornos.

A mão da mulher pousou no ombro do garoto e ela disse, muito séria:

— Não pense nessas coisas. Foi obra de um habitante da Terra da Noite. Viva, cuide de sua vida e esqueça isso.

— Mas... sinto uma revolta muito grande, e sei que outros sentem o mesmo. O governo, aqueles que podem e mandam, eles nada fazem para acabar com a maldição.

— Eles já fazem o possível. Você só tem dezesseis anos, mas com certeza vê que a cidade melhorou. As torres são isoladas, o número de monstros diminui a cada ano.

— Sim, mas o governo sempre se preocupa primeiro com o centro-sul, onde estão as casas deles e dos seus amigos. Os magos do corpo de isolamento só vêm para a periferia depois que o centro e a parte rica do sul estão limpos. E se não damos dinheiro, eles agem como se a periferia estivesse cheia de cupins e não de dragões e varanos.

— Essa gente porca da periferia pouco ajuda! — e seu dedo rijo apontou para fora, para toda a cidade, acusador. — Desde menina ouço os boletins do governo alertando sobre o perigo das carcaças de bichos mortos, implorando às pessoas para queimar tudo que não serve. Todo mundo sabe que os varanos, os monstros voadores e as *ranauras* são mistura de magia com restos dos animais que comemos. E o que as pessoas fazem depois de destrincharem um porco ou uma galinha? Jogam os ossos e tripas pela janela, para que a primeira carga d'água dê vida a elas! Depois culpam o governo pelas suas desgraças. Acham que vivem sós, que não são irmãos vivendo juntos.

— Mais importante do que isso é acabar com a maldição — Alex afirmou. — Esses magos são bons e cobram uma fábula por seus serviços, que deem fim a esse tormento!

— Alex, sozinho você não vai mudar as coisas. Mesmo que seus amigos ajudem, também não conseguirá.

— Tudo bem, Tia, não se preocupe. É que vejo as coisas e fico irado.

— Também já fui jovem, sei como é. Quando jovem, temos uma imensa energia e vontade de usá-la para transformar esse mundo errado, fazer com que fique ao nosso gosto. Mas isso é impossível sozinho. Agora vá. Encontre seus amigos, vá beber e fazer corte às moças, mas tome cuidado. Já cuidei de três crianças, não quero tomar conta de uma quarta.

Ele riu, terminou de devorar as maçãs e, após limpar a boca com a palma da mão, beijou com ardor a bochecha de Francine e saiu.

A casa de Alex era a última de uma vila jogada num extremo do sul pobre. Logo após a vila começava uma planície estéril assombrada por nuvens de pó avermelhado e vento cortante, a fronteira que separava Shimandur da Cordilheira Fabulosa, um interminável maciço de montanhas íngremes que se prolongava até o extremo sul do Valesh, vizinho às Ilhas Brancas.

Após atravessar o pequeno labirinto de ruas estreitas castigadas pelas pequenas correntes de ar avermelhadas, Alex passou por uma praça suja, um círculo coberto de grama alta, detritos e restos, de onde viu o entardecer pintando o horizonte de laranja. Mais alguns passos e alcançou uma avenida coberta por blocos de quartzo retangulares, repleta de pessoas e movimento: vagabundos e punguistas esfarrapados de olhar desesperado; vendedores ambulantes carregando porções de comida, utensílios e quinquilharias, aves e pequenos macacos em gaiolas, moringas contendo bebidas várias, todos cuspindo melodias toscas e simpáticas para atrair a atenção, produzindo a algazarra que deu outro nome a Shimandur: "Musicópolis." E muitas mulheres, de todos os tipos e idades, carregando sacolas, conduzindo muitas crianças pelas mãos, enquanto buscavam passagem nas calçadas apinhadas.

Apertou-se entre algumas pessoas, para fincar as pernas na beira do calçamento. Lá fez sinal para uma unidade do principal meio de transporte local: um coche de oito lugares puxado por três cavalos, simples, com o mínimo de conforto.

Ele pagou a taxa de três moedas menores ao condutor e acomodou-se entre uma mulher bastante gorda e um rapaz sonolento. Nada disse ao condutor sobre seu destino: todos os coches que por ali passavam tinham parada obrigatória na Praça Suprema, e era para lá que ele ia. A viagem transcorreu sem incidente algum, até que de repente o veículo parou e ficou alguns minutos imóvel, para retomar movimento de maneira intermitente, irritante.

Alex puxou a janela de madeira de balsa e olhou para fora. Dezenas de coches, tanto coletivos, como particulares, esperavam por sua vez de atravessar uma garganta estreita, visivelmente aberta por obra humana, que rompia o morro que surgira no meio da avenida, um platô de rocha com uns seis metros de largura e outro tanto de altura, cuja brancura era cortada por veios de metal cinzento e ossos de criaturas indefiníveis, talvez fusões de homens e animais. O platô simplesmente abrira caminho através do solo na noite anterior e ficara postado no meio da avenida. Quando o dia chegou, sua presença provocara todo tipo de prejuízos e atrasos. Postes de madeira despedaçados, restos de muros, uma carruagem esmigalhada e a confusão de coches tentando passagem com suas lamparinas fulgurando no ar, espalhando luz amarela e cheiro de óleo queimado, enquanto os cavalos bufavam e relinchavam e os humanos praguejavam. A exuberância do caos que era Shimandur após a chuva. Alex esticou o pescoço e perguntou ao condutor de um coche pintado em azul-cobalto postado à esquerda, um veículo do governo incumbido de domar o trânsito:

— Ei, controlador. Quanto tempo até chegarmos à Praça Suprema?

O homem, um loiro de meia idade exibindo em seu rosto toda uma tarde de problemas, respondeu, mal inclinando a cabeça para trás:

— Não dá pra dizer bem, garoto. Trinta minutos, no mínimo.

Alex recostou-se no banco e bufou. Sua vida já se pronunciava parca e limitada, a pouca ou nenhuma possibilidade de satisfazer seus imensos anseios parecia insinuar-se nos tempos vindouros, e uma porção sempre maior dela era mais e mais engolida por coisas velhas e insanas.

O coche rastejou pelas ruas. De quando em quando, Alex olhava para fora. Duas vezes viu catorões, uma das crias da chuva, pastando em meio a matagais. O catorão era típico do Valesh, mas estava extinto de muito. Um grande ruminante, muito semelhante a um touro, exceto a cabeça meio suína, de pelo negro e chifres imensos, que faziam uma volta de saca-rolha antes da afiada ponta. Sempre com a cabeça abaixada, o nariz fuçando o solo em busca de raízes suculentas, os olhos ocultos por enormes franjas de cílios cinzentos e grossos. Era das criaturas mais pacíficas; apenas se muito molestado atacava, mas suas chifradas eram fatais. Ver esses animais pastando com calma e indiferença fez com que a elucubração se fixasse ainda mais na mente do rapaz. Qual a origem e extensão de um poder capaz de trazer, apenas pela água, animais extintos de volta à vida, para andarem por aí como se nunca tivessem desaparecido?

As especulações desvaneceram ao perceber que estava dentro da Praça XII, conhecida na parte pobre da zona sul por Praça Suprema, por ser a maior da região. Fez sinal para o veículo parar, desejou felicidades ao cocheiro, e saltou com plástica agilidade para o chão de pedra chata da praça. Por somente um instante contemplou o cenário. Como em todos os Sextos, a Praça estava apinhada de pessoas que dissipavam o cansaço e tensão dos Dias (Cinco Dias, naquela semana)* circulando, indo de uma taverna a outra, formando rodas de conversa sob as árvores, partilhando bebida e assediando uns aos outros, os homens às mulheres e o oposto.

Alex deu tapas no couro das botas para espantar o pó acumulado, ajeitou a camisa no corpo, e vendo que estava tão pronto quanto necessário e possível, caminhou em direção à taverna *O Templo*, assim chamada por ter sido criada com o objetivo de ser "o templo dos bebedores despreocupados com mexericos mundanos e dos humildes que querem desvendar o segredo da bebida, pois são eles os reais súditos do álcool", como anunciava uma velha tabuleta no seu salão, talhada por seu fundador, o lendário Marcus Korius. Outrora muito bem frequentada e conhecida, lendária, nos dias

---

* *Como o restante do mundo, Shimandur emprega um calendário mensal de trinta dias, baseado em um ciclo lunar completo ("escondimento e aparecimento da lua"), ciclo composto de quatro ou cinco semanas de sete dias). O peculiar do calendário shimanduriano é a distinção dos dias de trabalho e de descanso: eles não são conhecidos com grande antecipação, mas determinados na antevéspera do início da semana pelo governo local, que os anuncia após aferir o valor que a economia de Shimandur produziu e movimentou na semana anterior. Atingida ou superada a meta para a mesma, o governo anunciava os dois (mais raramente três) primeiros dias da semana como os do Descanso, após os quais vêm os Dias (período de trabalho). A duração do Descanso é calculada com grande cuidado, para que a economia ficasse dentro do valor estipulado para o mês. Outro ponto importante: o Descanso não é anunciado somente como repouso para a força de trabalho, mas também como o lapso que mantém Shimandur em seu correto ritmo. Tal sistema de qualificar os dias viera com os fundadores da cidade e persistia mais de seis séculos depois, a despeito das muitas pressões que a cidade recebeu e recebe para adotar o calendário universal, que seria mais adequado aos tempos de intenso comércio e contatos de toda ordem entre os reinos e cidades do Valesh e deste com o Krulesh.*

da juventude de Alex e seus amigos não passava de um botequim sujo e malcuidado, ponto de encontro de marginais menores, bêbados de vida tão esfarrapada quanto os trapos que vestiam e de turmas de jovens sem dinheiro e perspectivas, como Alex e seus amigos. E dois deles lá já estavam, sentados em torno de uma mesa feita de uma rodela de tronco de árvore, no centro da qual repousava uma garrafa de vinho.

Juara e Marcus, o vulgo "Andeara", bebiam vinho verde. Juara, um índio da Cordilheira Fabulosa, cuja família esfomeada se estabelecera em Shimandur por absoluta falta de alternativas, era um homem quase feito: alto, físico avantajado, barba espessa e irregular cobrindo o rosto quadrado e ossudo, lábios fartos e olhos negros. Tinha um perpétuo ar indolente, de preguiça, devido aos olhos caídos e a boca um pouco aberta. O brilho morto dos olhos dificilmente se alterava, contribuindo para sua fama de bobalhão e outros nomes piores. Era desprezado por muitos devido à pele muito morena, aos olhos levemente puxados, e aos hábitos indígenas que mantinha, malvistos numa cidade que sempre insistira na homogeneidade cultural e étnica e em copiar os hábitos e costumes do Krulesh, o continente norte do mundo. Já Marcus Andeara (o sobrenome era verdadeiro, seus amigos o enfatizavam por acharem engraçado) era alto e muito magro, de olhos claros e vivos, cara um pouco rechonchuda e com poucos pelos, cabelo quase loiro muito liso e brilhante roçando os ombros, mas era o contrário do troncudo índio: ativo, sempre perscrutando os arredores, buscando algo que não sabia nomear. Tinha um ar de menino assustado e curioso que procura pela mãe na multidão. Esse ar, aliado à aparência de habitante das terras do norte, garantia algum sucesso com as jovens shimandurianas. Mas não com todas.

Alex foi até eles, puxou uma das três cadeiras restantes para si, sentou-se de modo descontraído e apertou as mãos dos amigos. Juara terminava de enrolar seu companheiro de quase todos os momentos, um cigarro de palha recheado de fumo de corda muito odorífero, e apenas estendeu a outra mão a Alex, sem dizer palavra. Andeara terminou a bebida e disse, após um arroto suave:

— Já pensávamos em sair por aí, pegar algumas ranauras e abrir seus buchos, temendo que tivesse sido devorado.

— A piada teria graça, se tivesse saído da boca de alguém que não vive aqui — Gesticulou para uma garota feia postada ao lado do balcão, pedindo por copo, e continuou: — Do jeito que fala, até parece que é sua primeira tarde em Shimandur.

— Pois gostaria que todo dia fosse o meu primeiro aqui. Assim eu acharia as coisas apenas doidas e não horríveis. — Enquanto falava, Andeara encheu o copo com mais vinho.

— Que tal sairmos daqui? — propôs Alex.

— Para onde?

— A Praça v. Estou meio cheio daqui, vamos variar um pouco.

— Não. — Juara disse a negativa com sua voz típica: soturna, retumbante, sem vivacidade. A boca mal se mexeu e os olhos não se alteraram. Os dois rapazes lhe dirigiram o olhar, pedindo explicações.

— Não é bom sair daqui. Os do centro e do norte não gostam da nossa gente, "escurinhos". Muitos problemas a ter. São uns *ihos*! — Ele não pronunciou, mas cuspiu a última palavra.

— Acalme-se, índio. Nós iremos juntos, como sempre; se alguém mexer com você, batemos até quebrar os ossos.

— Para *ihos* ricos somos nós todos lixo de subúrbio. Pra eles, bichos de chuva que precisam matar.

Alex não ouviu com a mente os resmungos de Juara, trabalhava febrilmente na melhor formulação da questão, como apresentá-la de modo atraente. Sabia que desejo urgia dentro de si e que necessitaria de companheiros para consumá-lo. Tinha que convencê-los e bem, pois Juara e Marcus, embora amigos leais, não partilhariam da atração que ele sentia pelos segredos e fatos sombrios que pulsavam sobre o solo que pisavam. Por fim, falou de qualquer jeito:

— Ei, Andeara, alguma vez você já ouviu algo sobre o porquê da chuva? Quer dizer, algo mais do que essas histórias sobre a "coisa" escondida na floresta da área norte.

— Como assim?

— Alguém já te disse algo sobre a maldição da chuva? Pelo que meus avós diziam, esse escarro da terra tem mais de cem anos. Cem anos! Há um século que a cidade sofre o diabo por causa dos monstros, das montanhas e torres que arrombam as ruas. Tudo que o governo faz é gastar dinheiro pagando magos para manter essas aberrações longe. Pois que encontrem a origem da maldição e a desfaçam.

— Em aldeia de pais meus, cidade da chuva era dita muito. Nosso *caipaqui* dizia que maldição castigo por mortes. Mago poderoso teve sua gente morta por *ihos* e mandou castigo. *Ihos* eram sujos, não limpavam ruas, nem queimavam restos dos irmãos que morriam para eles comerem. Então mago fez maldição: cidade de *ihos* precisa de chuva para se limpar, pois seus que vivem nela não limpam. Então chuva vai trazer dor. Os pais dos animais e as bestas filhas de Nujia virão com chuva para *ihos* sentirem dor que mago sentiu.

Juara olhou-os por um instante, e verteu o copo cheio pela garganta, Marcus e Alex fitando-o, espantados.

— Ei, Juara, quem te contou isso? — Alex perguntou.

— *Caipaqui* contou para pais meus, quando partíamos de vila. Avisou que Shimandur maldita, para pais meus não irem. Mas pais meus odiados em vila e foram.

— É exatamente isso que uma velha vizinha me contou — Andeara disse. — Essa história é conhecida. Um mago da Terra da Noite que rogou a praga para vingar parentes, ou algo assim.

— Sim, Andeara. Isso qualquer garotinho que já esteve na rua uma vez na vida sabe. Mas como o feitiço se mantém por cem anos? Os magos entendem de magia, devem saber como achar e quebrar isso.

— Dizem que a maldição vem de um lugar chamado Torre Máxima, uma elevação imponente e assustadora que aparece no extremo norte, no coração da floresta antiga.

Os três giraram a cabeça para a direita, em busca do dono da voz volumosa e viva que falara.

Acomodado na mesa ao lado estava um homem bastante alto e corpulento, vestindo calça de lona marrom, blusa de lã negra sem botões, de gola lisa, e sapatos de lona azul-marinho amarrados por cordões do mais rústico couro. A mão esquerda segurava com firmeza um cachimbo em forma de um *s* esticado, esculpido em marfim e coberto de manchas em vários tons de amarelo.

A cabeça era calva na frente e topo e o cabelo que sobrara atrás era grisalho, ondulado e longo. O vermelho suave da pele era salpicado por centenas de sardas. O homem era saudável, mas possuía barriga avantajada, típica de bebedores. Seu rosto transmitia uma impressão bem agradável; a boca sustentava um sorriso largo, os olhos castanhos e brilhantes, tudo de uma intensidade magnética que os fez por mais de um instante olharem a figura. Algo indefinível mas evidente indicava que era muito mais que um homem ordinário, que portava sabedorias e histórias fantásticas e inebriantes. O homem à frente dos três garotos era uma entidade. Se algum deles conhecesse a palavra, diria que o homem era de grande empatia.

— Quem é você, companheiro? — perguntou Marcus, impressionado com a figura do sujeito.

O homem levantou-se com a agilidade de um esquilo, pegou a cadeira de madeira enegrecida entre Andeara e Juara, e sentou-se. O móvel resmungou com o peso e ele iniciou:

— Sou Charles Olivieri, meus jovens, músico. — Abriu os braços ao proferir o nome, num gesto espontâneo.

— Que tocas tu? — inquiriu Juara, o sotaque sem disfarces, tentando cheirar a fumaça exótica que escapava do cachimbo do desconhecido.

— Clarineta, amigo vindo das montanhas.

E abriu a caixa retangular revestida de veludo negro e com fecho dourado, impecável, que carregara para a mesa. Manipulou a caixa como se acariciasse uma mulher que dormia a seu lado, e dela tirou uma clarineta negra, as peças metálicas refletindo as luzes da Praça XII como um espelho.

Alex arregalou os olhos. O instrumento brilhava como se um pedaço do firmamento estrelado tivesse sido capturado e moldado em forma de instrumento musical.

— As partes douradas não são ouro — Olivieri disse, um sorriso de diversão diante dos olhares espantados dos três meninos. — O metal é bom e autêntico, mas essa cor dourada é tão ordinária quanto a conduta das moças que ganham a vida ali, debaixo das árvores da praça.

— E onde você toca isso? — inquiriu Marcus, apontando com o indicador esquerdo, evitando tocar a peça.

— Em bares, tavernas, eventos, festas. Toco farselas dançantes em festas de nascimento e casamento, marchas fúnebres em velórios. Sou músico andante.

— Você deve conhecer muitos lugares além de Shimandur — comentou Alex, examinando o homem.

— Oh, muitos mesmo. Nasci aqui, mas precisei partir. Problemas, o tipo de problemas que vocês podem ter se não tomam chá de espirradeira antes de se deitar com uma menina. Mas como dizia, vivi até fora do Valesh.

— O quê, fora do Valesh? — Alex exclamou.

— Sim, estive no Norte, cheguei a visitar a Terra da Noite, onde vivem os últimos magos do mundo além dos nossos.

— E viu algum deles?

O interesse de Alex era cada vez maior e mais visível.

— Eu e meus amigos galaneses entramos na planície gelada escondidos, loucos para vê-los, o que só conseguimos por uns minutos. Eram umas silhuetas altas e sinistras, fazendo alguma coisa horrível que não pudemos e não quisemos entender. Depois voltamos assustados, imaginando que os magos tinham nos visto e mandado uma fera sobrenatural atrás de nós. Pelo pai da noite, como corríamos!

Alex mal se continha de deslumbramento. Para um jovem pobre de subúrbio, sair do Valesh era impensável e maravilhoso, era a aventura a dar valor à vida.

— Dize, andante, tu como sabe dessa torre? — Juara soltava mais e mais o sotaque, a um tempo musical e retumbante, em meio às tragadas do cigarro malcheiroso.

Normalmente procurava controlá-lo, para evitar chacotas e ofensas. "Surpreendente que relaxe perante um estranho", pensou Alex. "Se esse carrancudo e desconfiado fica à vontade com o sujeito, então pode se confiar nele."

— Durante minha vivência nas terras do norte, eu não parava muito em lugar algum. Vivi em umas trinta cidades e ilhas diferentes. Quando se é músico andarilho e vagueia-se assim, acaba-se conhecendo todos os tipos de gente, e aprende-se muitas coisas. A história de Shimandur é bem conhecida por lá. Segundo as narrativas, o mago gastou toda a mágica que possuía no corpo para cobrir a cidade com a maldição. Só que em algum tempo ela iria embora, a cidade já era grande, não tanto quanto hoje, mas não parava de crescer. Se não fosse concentrada e renovada de alguma forma, a força mística seria dispersada por causa dos que vinham para cá aos montes, que não acreditavam na magia, e a maldição tinha que ser longa, eterna. Assim, ele deu um jeito para que a praga durasse muito tempo: criou a Torre Máxima, uma construção feia e alta, e nela colocou algo que concentra a magia e a mantém forte. Aqui, as versões divergem: uns dizem que esse algo é uma criatura mágica, outros que é um objeto, talvez uma joia, que repousa no alto da Torre e...

— Já ouvi falar dessa torre — interrompeu Alex. — Dizem que é a construção mais sinistra de todas as que surgem. Uma espécie de chaminé gigante cercada por outras, menores. É muito alta e nunca surgiu fora da reserva florestal da área norte.

O músico sorveu lentamente uma grande quantidade de fumaça da peça de marfim repleta de filigranas e entalhes, espalhou-a no ar com uma expressão bonachona, e respondeu:

— Isso mesmo. A Torre Máxima despertou atenção já há muito tempo, e alguns shimandurianos corajosos tentaram achá-la. Muitos morreram enquanto tentavam, outros desapareceram. Para piorar, aquela floresta fica repleta de emas ranauras e varanos quando chove.

— Pois deviam explodir essa coisa! — Alex exclamou.

— Primeiro é preciso ficar frente a frente com ela. E a tarefa pode ser ainda mais complicada do que imaginamos. Vocês moram na periferia, certo? Digam-me, quantos catorões e chupadores vocês já viram serem mortos? E no entanto, eles continuam aparecendo. Isto que acontece em Shimandur não segue as leis da natureza, é uma força de além-mundo, diferente daqui e por isso tão poderosa.

— Mas, Olivieri...

— Oliver, apenas Oliver — ele pediu a Alex, pondo a pesada mão no ombro do garoto.

— Certo, Oliver. É revoltante, nem o governo e nem as pessoas que estão no meio disso tudo, sofrendo, fazem algo. Esses magos custam muito dinheiro para a cidade, todos que trabalham pagam muitos impostos, e nada muda. Às vezes creio que gostam dos monstros e dessas torres que arrebentam tudo.

— Você está mais certo do que pensa, rapaz. Aliás, qual é seu nome?

— Alex.

— Muito bem. — Interrompeu-se e com um gesto chamou a garçonete. Ela aproximou-se tão rápido quanto seu peso e falta de jeito permitiram. — Mais vinho, doçura — pediu, segurando a mão de garota. — Mais uma garrafa e também um copo.

A moça fez uma mesura e, sem dizer palavra, voltou para o interior do bar.

— Como eu dizia, você acertou. Para muita gente daqui, o caos e sofrimento que a chuva traz são bem-vindos e lucrativos. Sabe das quantias que se ganha com as proteções mágicas, com os encantos? Um amuleto de osso de antério consagrado pelo Arquimestre da Escola de Magos chega a cinco mil moedas maiores de prata! Cinco mil! Com esse dinheiro, eu abro meu próprio bar e toco lá pelo resto da vida.

"E há mais, só filhos de gente educada e estabelecida vão para a escola de magos. É um ofício invejado e que pode fazer enriquecer, por isso os membros do governo não querem que a maldição seja simplesmente..."

Um urro pavoroso e agudo, vindo das aberturas dos bueiros, encheu toda a praça, calando o vozerio humano como se os próprios elementos assim tivessem ordenado. Um grito de dor tão forte, que feriu muitos ouvidos. Em seguida, violentas convulsões sob a água escoada pela galeria pluvial que corria debaixo da praça tomaram o lugar do urro. E então, no meio da larga rua, um tampo vazado de ferro foi empurrado para cima por um enorme corpo serpenteante, que fugia da morte. A criatura, uma serpente de cor dourada, tinha mais de cinco metros, as escamas próximas à cauda manchadas pelo sangue grosso que jorrava de um corte nas costas. Enquanto deslizava pela rua, seus dois bigodes tácteis tremendo, animados pela certeza do fim que se aproximava, causou um enorme tumulto entre pedestres e coches, que lhe davam passagem para não serem esmagados. A serpente avançou alguns metros, até que seu perseguidor surgiu, vindo também da galeria. Quando a já assustada multidão reconheceu o segundo ser que passou pela abertura com uma agilidade que só poderia ser sobrenatural, veio o pânico completo, todos se afastaram aos gritos e lamúrias.

Alex, seus amigos e o músico encolheram-se para dentro do bar, como o resto dos fregueses, pois a criatura não era uma visão agradável ou benfazeja, e sim uma das mais temidas feras que a combinação chuva com magia e ossos podia criar: o dragão d'água. Um réptil aquático de sete metros com cabeça afilada enfeitada por olhos amarelos baços e cruéis, narinas gotejantes e enorme mandíbula ornada por dentes do tamanho e da forma de punhal; cauda longa ágil e forte terminada num leque de espigões capazes de despedaçar um homem adulto com um golpe; os dois instrumentos de matar eram separados por um corpo pesado coberto de pele escura e fétida, formidáveis patas dianteiras terminadas em garras afiadas e curvas, e as patas traseiras transformadas em duas nadadeiras aerodinâmicas. Mesmo dispondo de somente dois membros para terreno seco, o dragão alcançou a fugitiva em segundos: projetou-se à frente num salto e enterrou os enormes dentes no pescoço da serpente, que morreu sem emitir um som.

Sôfrego, o dragão arrastou seu banquete para a galeria. A água recebeu o monstro, gotas alcançaram o ar exterior, a seguir um grunhido de satisfação e o silêncio. Pasmas, as pessoas retornaram com lentidão à Praça Suprema, todas esmagadas pela impotência e o desespero de suas vidas serem como meras folhagens postadas no caminho de coisas inomináveis que produziam tempestades ao caminhar, um sentimento, em todo o Valesh, talvez em todo o mundo, que só o shimanduriano conhecia.

O clarinetista e os garotos voltaram à mesa, mal refeitos da cena. Por algum tempo a presença dos monstros escamados persistiu entre eles: olhavam-se aparvalhados, nada diziam. Por fim, Juara falou, a voz anunciando plenamente sua origem:

— Você viu coisa assim, cantante? Shimanduranos saem correndo quando as torres e monstros surgem, berrando como loucos, depois voltam para recolher os corpos e limpar a sujeira. Não tentam mudar, não usam força que Grande Pai deu, não brigam com grandes, com Líder e seus cara-limpa.

— Amigo índio, a que povo pertences? — perguntou Oliver, com vivo interesse.

— Todos habitantes dos vales de Cordilheira Fabulosa chamados "índios", mas somos muito diferentes e temos muitos nomes. Sou Juara, dos itauacas, que vivem em centro da Cordilheira.

— Por que saiu de lá?

— Parte da comida colhida por meu povo para sacerdotes. Veio seca e falta de comida, mas taxa continuava. Meu pai não concordou. Pai, mãe, eu e irmãs expulsos.

Oliver pousou as enormes mãos nos ombros deles e proclamou, sem dar atenção ao espanto geral:

— Jovens, aprecio vocês. A vida aqui é tão dura que ela mata o fogo no espírito que o homem possui quando é novo, aqui em Shimandur os jovens logo se tornam homens cabisbaixos, derrotados, mortos presos na vida. Os jovens desistem cada vez mais cedo, é muito triste. Mas vocês não, estão dirigindo suas energias para as questões importantes. Já é hora de mudar as coisas, banir os monstros. Sim!

Ao dizer a última palavra, esmurrou a mesa com uma força desmedida, todo o corpo exalando uma energia raivosa e alegre, o rosto inundado de vermelho. Juara afastou sua cadeira, os outros não ficaram menos impressionados; esse sujeito esquisito parecia a ponto de ser possuído por algum elemental furioso das matas que circundavam a cidade. Oliver tomou o restante de seu vinho em um único gole, olhou-os com a agudeza de um felino. Seu olhar abrandou em um instante e ele disse:

— Desculpem a cena. Eu já estava temeroso que gente com raiva e disposição contra o estado de coisas daqui não existisse mais. Fiquei mais de vinte anos fora de Shimandur, e quando retorno, a cidade está pior que nunca. E vocês são o tipo de pessoas que a cidade precisa: fortes, prontas para os grandes atos.

— Alto aí, músico — Marcus interpelou, a mão esquerda um pouco aberta e levantada. — Por que você declara coisas que sequer insinuamos? Prontos para isso, prontos para aquilo, disposição contra sabe-se lá o quê. Não somos revolucionários, só estamos resmungando, coisa que todo shimanduriano faz.

— Oh, não se subestime, é a pior coisa que um rapaz de sua idade pode fazer a si próprio. Acreditem, garotos, vocês são um tipo cada vez mais raro, nesta cidade horrível e triste. E não neguem seus sentimentos e energias. O homem revoltado é o homem que age contra as coisas horríveis que o impossível dia a dia nos enfia pela goela.

— Sim? E daí?

— Algo deve ser feito, jovens — Oliver anunciou. — Pessoas como nós devem se juntar e executar o que os rostos aflitos e cansados de Shimandur imploram que seja feito.

Em seguida calou-se. Nenhuma expressão conhecida era visível nos olhos faiscando, a boca era um risco enrugado, todo o rosto uma máscara de mistério. Aguardava a próxima fala em silêncio, até que Alex, tomado por uma erupção de energia, uma exaltação embriagante, uma decisão, gritou:

— Sim, você está certo! Este inferno já durou demais. Partamos numa missão: encontrar a Torre Máxima, escalá-la e desvendar seu mistério. — O punho cerrado ergueu-se para o alto, enquanto ele declamava.

Um largo sorriso surgiu no rosto de Oliver e ele encarou o rapaz. Marcus e Juara entreolharam-se, perturbados. Os olhos de Alex brilhavam, tomados de força. Seus dois amigos, mais uma vez, trocaram olhares. Mesmo se conhecessem a arte da dissimulação, provavelmente não teriam feito uso dela. Marcus não se conteve por muito tempo:

— Muito bem, escalar a Torre Máxima. Acho que as serviçais puseram ervas mágicas na bebida de vocês dois. Você, clarinetista, deu atenção demais a sua música e se esqueceu de ver e ouvir o mundo real. A floresta do norte foi quase abandonada, de tão infestada está. Nem os soldados têm coragem de se aproximar dela. O governo pensa até em pôr fogo, pois ela é um problema e tanto, sem solução. Como vamos atravessar aquilo?

— Vejo que é tão vivo quanto aparenta, meu rapaz. Sem dúvida que é uma empresa e tanto...

— Empresa? Acho que você falava de aventura...

— “Empresa” também significa “aventura”, estúpido! — disse Alex para Andeara, que não se importou com a ofensa carinhosa.

— Como dizia — Oliver continuou —, concordo que é muito arriscado. Precisaríamos engajar um mago para nos acompanhar, e isso é um grande problema. Magos custam caro e não ajudarão um grupo cujos planos afrontam coisas importantes para eles.

— Cantante, antes de mago, apresenta tuas ideias — pediu Juara.

Por um instante ele observou os garotos, e eles sentiram a sabedoria e a experiência sondando suas vidas pequenas e simples, mas não sentiram hostilidade nem desagrado. Oliver não era mais um adulto a tentar domá-los, não era mais um repressor arrogante querendo dobrá-los às normas da sociedade que os desprezava, mas sim um homem expansivo e vivaz que tentava fazer-se amigo, e ele sabia muito bem que a vida de habitante do subúrbio faz a desconfiança comandar o comportamento. O silêncio poderia ter perdurado por mais tempo sem transformar-se em incômodo, mas ele finalmente revelou o que planejava:

— Penso nisso há muito tempo. Bem antes de vocês terem nascido eu imaginava a Torre Máxima, ouvia as histórias contadas até hoje pelas ruas e tavernas sobre ela. Um dia eu a vi. — E caiu em silêncio e pensamentos.

— Você já a viu? — Os olhos de Alex arregalaram-se.

— Como é? — perguntou Juara.

— Não é uma torre, na verdade é uma elevação, uma colina cercada de cinco ou seis torres muito erodidas. É uma coisa bastante sinistra, envolvida por neblina e maldade. Eu e meus amigos não ficamos muito. A área era, e é ainda, habitada pelas piores crias da chuva, e tivemos que correr como loucos para não sermos fatiados pelas emas ranauras.

— A partir desse dia, você decidiu que a Torre Máxima devia ser posta abaixo — Marcus disse.

— Exatamente. Muitas coisas ruins me aconteceram logo após essa visão, e eu deixei Shimandur para trás. Fiquei mais de vinte anos vagando pelas ilhas e terras do Norte. Voltei há menos de seis meses. Aprendi muitas coisas durante minha estada no estrangeiro, coisas sobre Shimandur, sobre os perigos e segredos mais profundos que moram em todas as florestas, não só na Floresta dos Pesadelos Encarnados, e elas me mostraram que Shimandur tem de se livrar da maldição da chuva para sempre.

— Você descobriu algo importante quando esteve na Terra da Noite, pode-se perceber isso — sentenciou Alex.

— Nada que mereça segredo, apenas consegui a prova de que a Torre Máxima é o centro do poder que maltrata esta cidade. Não vale a pena contar como esse conhecimento chegou a mim, não é história para uma mesa de beberagem. Mas o que descobri vale ser contado: a confirmação de que a fonte da maldição emana da Torre. Existe algo lá no alto. Lá ao longe — seu braço esquerdo levantou-se, procurou o norte, e o dedo indicador para lá apontou —, está a fonte maldita, o prodígio do mal que por mais de século tem trazido tanta desgraça a Shimandur. Algo tem que ser feito, e eu quero fazê-lo. Tenho quarenta e sete anos e devo usar o que me resta de vida para algo mais do que embalar festas e eventos humanos com minha música. Tornar minha cidade, da qual fugi como um rato, um lugar em que a vida verdadeira seja possível, não apenas me agrada, mas surge perante mim como um dever.

Alex encarou Andeara. Ambos perceberam que algo ruim e que marcara a vida do músico estivera presente nas últimas palavras, um pouco amargas. Julgaram de bom grado não perguntar nesse momento. Andeara ateve-se aos enigmas da Torre:

— E que coisa é essa?

— Isso eu nunca soube, mas ficou claro que a coisa está no alto da Torre. Pensem, rapazes! É a fonte de onde vem toda a desgraça de nossa cidade, nossa pátria.* Juntem-se a mim, vamos escalar a Torre e destruir a maldição. Salvar nossa cidade e dar significado a nossas vidas, que em verdade são breves e pequenas!

— Como? — insistiu Marcus. — A floresta está infestada de criaturas, o acesso é complicado, e depois, caso consigamos subir, o que pode nos esperar lá? Não sabemos que armadilhas ou vigias pode haver, nem mesmo que coisa é essa.

— É bem verdade. Por isso insisto em um mago conosco. Posso conseguir armas poderosas, mas só força bruta e astúcia não bastam. Conhecimento e poder sobre o manah também são necessários. Pensem, rapazes. Eu vivi muito, tenho a experiência da aventura e do perigo, além de conhecer o caminho mais seguro até a Torre. Unindo isso a sua juventude e força, um mago capaz e boas armas, nós poderemos conseguir!

Juara perguntou com voz pesada, como um inquisidor:

— Ofereceu isso a pessoas além de nós?

— Como já disse, voltei para cá há seis meses. Só encontrei gente decaída, derrotada, amaldiçoando a própria maldição, mas nunca questionando por que isso não muda e o que eles mesmos podem fazer. Fiquei circulando pelos lugares, prestando atenção nas pessoas, implorando que ao menos um com raiva e disposição cruzasse meu caminho.

---

* *Shimandur, como boa parte das cidades do Valesh, era uma cidade-estado. Seus domínios incluíam não só a cidade em si, mas também uma extensa área em forma de círculo, a seu redor, em que eram praticadas agricultura, pecuária, extração de madeira, mineração, armazenamento e utilização de água. Juntamente com as cidades-estados mais próximas (todas ligadas entre si por laços históricos, culturais, linguísticos e étnicos), ela fazia parte da Liga do Sul, principal entidade política do continente meridional.*

— Realmente acha que somos especiais? — Alex quis saber. — Por aqui todos reclamam da vida, nós fazemos o mesmo.

— Mas eu percebi algo mais em vocês: força, vontade.

A ponta da clarineta apontava para eles.

Andeara colou a mão direita ao queixo por barbear, perdido em pensamentos. Juara bebia e fumava sem parar, já pedira cerveja. E Alex observava Oliver, intrigado. Esse homem incontido era o companheiro que ele precisava, e desbravar a Floresta dos Pesadelos Encarnados até a Torre Máxima era a missão de sua vida. Ele não se perdeu em indagações sobre acreditar ou não no que Oliver dizia, ao invés disso, pensava em como arrastar Juara e Andeara para a expedição. Mas, de alguma forma misteriosa, subitamente ele sentiu que a noite terminara, no que dizia sobre planos e discursos envolvendo a Torre. Assim, ele disse:

— Quando poderemos ver você de novo?

— Não sou homem de regularidades, mas posso estar aqui de novo no próximo Quinto — Oliver respondeu. — Digamos que por volta das sete horas.

— Se não chover, é claro — Andeara observou, irônico.

O músico retrucou, sério:

— Usando a proteção adequada, você não se molha, e um vento forte manda embora a mais negra nuvem. — E dizendo isso, ele se levantou, pôs a clarineta dentro da caixa como se os dedos novamente deslizassem pela mais suave pele feminina, apanhou seu copo, bebeu o que restava de vinho, largou três moedas gastas na mesa e, apertando a mão de cada um, disse: — Boa-noite, jovens. Aproveitem-na. Eu estarei aqui no próximo Quinto.

Antes que desse um passo foi agarrado na manga da blusa por Alex, que lhe disse:

— Venha no próximo Quarto, nesta mesma hora, quero falar mais com você.

Oliver respondeu com um largo sorriso e afastou-se. Sua figura não se misturou aos transeuntes, destacou-se vivamente entre eles, e saiu de suas vistas apenas quando ele virou uma esquina.

— Está entusiasmado com essa ideia de expedição, não é? — Marcus perguntou a Alex. — Tanto que quer conversar com esse maluco sem eu e o índio por perto.

— Quero apenas testar o sujeito, verificar se ele é sério ou um dos infelizes que saíram vivos da Década Rebelada, aqueles chatos que ficam pregando coisas sonhadoras e impossíveis e repetem a ladainha de que nós mais jovens somos uns covardes, que somos vazios e que temos que pegar nas armas como eles. Com você por perto, não seria possível, pois ficaria reclamando que é tarde, que estamos delirando, suas choradeiras habituais.

Sabedor do rumo que a conversa tomara, Juara encerrou o assunto com uma sugestão que também era ordem:

— Praça v?

— Vamos lá, vamos sair logo dessa porqueira antes que algo aconteça. Só agora reparei em algo.

Alex apontou para as gastas lajes de pedras que suportavam pés, mesas e cadeiras. Uma linha avermelhada curva estava gravada sobre as lajes. Mas a melhor palavra seria "desaparecendo", não "gravada": a linha quase não era mais visível, apenas um borrão sufocado pelo tom escuro da rocha. Aquilo fora, há muito tempo, o círculo mágico de proteção traçado ao redor do bar para impedir monstros de se aproximarem demais e até mesmo de invadirem o local. No entanto, apagado como estava, não afastaria sequer um mosquito. Se a serpente dourada e o dragão tivessem arremetido naquela direção, eles teriam sido esmagados. Certamente era hora de deixar o decrépito "Templo".

Viram a madrugada surgir das janelas de uma taverna pouco mais cuidada que o Templo, mas com grandes atrativos. Cada um estava acompanhado de uma garota, bonita o bastante para que eles se dessem por satisfeitos com aquela noite.

III. Nara

Da introdução de *Potencialidades e Segredos da Vida,* de Mestre Lartus:

Afinal, qual é a origem última dos poderes e condição dos magos? O que é exatamente o manah, sobre o qual esses homens e mulheres arrogantes tanto falam sem nada revelar? Matéria? Energia? Uma coisa intermediária que contém atributos de ambas? Ou algo tão além de nossa pobre realidade de desejos, objetos e medições que palavra ou imagem alguma pode dar sequer um pobre vislumbre? Será o manah (os magos garantem não conhecer o significado original ou procedência do termo. Que criaturas mais impossíveis e detestáveis!) fragmentos dispersos do Espírito que erigiu o universo? Se isto for, melhor que não saibamos a verdade desse elemento inefável.

Retornemos. O relato de como os primeiros magos receberam seus poderes é conhecido de qualquer indivíduo dotado de mínimo saber, mas não fornece indicação para nossas especulações, que cremos compartilhar com o venerável leitor. Todavia, há muitas versões desse acontecimento de universal e incomparável importância, cada uma com diferenças em relação às demais, diferenças não perceptíveis ao leitor desatento. Mas se esse mesmo leitor inflar seu espírito de vivo interesse e atenção apaixonada, essas qualidades trarão à luz as discrepâncias que as versões guardam entre si. O que antes era como o sem-número de estrelas idênticas de um céu de outono, observadas de relance, mudará: os vários matizes se revelam, percebem-se diferenças de magnitude, de potência, aglomerações e padrões surgem. Assim, para que o leitor possa acompanhar nossas hipóteses sem sobressaltos, é fundamental que os últimos instantes da Guerra dos Leshios contra os Deuses se façam presentes por meio de uma narrativa rica e vivaz, bem escolhida. Portanto, acompanhemos as palavras do viajante e cronista Filardo:

> *Tanto sangue pela terra correra e secara que o pó que esta levantava ao ser acariciada pelo vento era vermelho e vermelho como sangue eram o nascer e pôr do sol. Os deuses entenderam, com esse sinal, que o momento chegara. A guerra que os leshios, seus filhos e pupilos rebelados, provocaram, tinha de ser encerrada, ou a ordem da música do mundo seria deformada em uma cacofonia tão insuportável e obscena que a própria Terra, mãe de todos, daria fim a si e a seus rebentos ingratos.*
>
> *Durante um crepúsculo que manchou a pele da Mãe Terra com o sangue obsceno que não fazia parte da música, pois não se converteria em água da vida, os oito deuses que presidiam o conjunto dos executantes da música do mundo reuniram-se, deliberaram, discutiram e por fim decidiram que o poder e conhecimento que eles portavam deveriam mudar de estatuto e de portadores. Somente assim a capacidade de controlar e moldar o mundo, que os leshios desejavam a ponto de terem iniciado a guerra, ficaria inacessível e eles ainda receberiam a justa punição de serem destruídos e terem o pó de seus corpos misturados ao pó daqueles que abateram com desprezo e frieza.*
>
> *Chorosos e desolados como um vale outrora verde varrido por uma tempestade, pelo que fariam a si e ao mundo, cada um dos oitos deuses convocou seus fiéis mais devotos e sinceros a comparecerem no cume do Ário, a montanha antiga, o último refúgio em que se abrigavam. Quarenta foi o total de mortais convocados pelo chamado, enviado sob a forma de cantos e guinchos de animais, sonhos estranhos cuja força persistiu na consciência dos convocados mesmo após despertos e combinações inspiradoras de nuvens e estrelas: filhas nomeadas de Marna, estandartes de Lugo, carregadores da clava de Dagdá, farejadores do néctar sensual exalado pelo corpo de Aine e reverenciadores das margens invisíveis de Sequana, entre outros, atenderam ao chamado e partiram. Vinte e sete chegaram ao cume da montanha sagrada, em trapos, exaustos, famintos e estropiados, para tomar parte de um evento que lembrou, por instantes breves como o cintilar de estrelas cadentes, os festins que enchiam a terra no tempo sem-velhice. Experimentaram iguarias extasiantes: a carne de si*

mesmos e o sangue de seus senhores; imolaram-se uns aos outros e ressuscitaram ao simples toque de seu deus; os homens conheceram as graças infinitas do corpo das deusas e as mulheres foram levadas aos extremos do prazer pelos deuses; participaram de cerimônias mais antigas que a humanidade. Essas e outras atividades, proibidas de serem reveladas aos mortais que lá não estiveram, tomaram dias e noites seguidos. Foi assim que os mortais eleitos foram conduzidos por seus senhores maiores às fronteiras entre homem e divindade. Uma vez ali, o ritual atingiu seu ápice: cada deus tomou seus fiéis em mãos e entregou-lhes o conhecimento e controle sobre o manah, o caldo fervilhante do qual Mãe Terra, deuses, homens, animais, todo o universo, surgiram. O que era essência vital de um ser, tornou-se poder de outro. Uma mudança que encerrava um tempo e iniciava outro aconteceu. A terra tremeu e gritou, em lamento e saudação, e os leshios, que já cercavam o Ário, foram pulverizados pela erupção de energia que de lá partiu e propagou-se mundo afora, modificando-o de um modo tão terrível que os cronistas antigos temiam uma simples citação à catástrofe: os continentes foram alterados e refundidos, surgindo os dois atuais, que lembram em seus nomes suas origem: Lesh, uma corruptela de leshios; florestas tombaram e delas ficaram apenas planícies de carvão; o curso de rios foi desviado; espíritos das florestas e campos partiram para sempre e muitos de seus companheiros animais os acompanharam.

Após três desfiles da Lua e do Sol, que pranteavam o que viam na irmã, o mundo acordou para conhecer seu novo estado de coisas. Os deuses haviam desaparecido, não se sabia se mortos ou exilados para o Sidh, o mundo seguinte a este e os escolhidos despertaram e perceberam um novo modo, um novo conhecimento pesando em suas mentes e guiando seu agir. O manah queimava em seus corpos e espíritos, e eles sentiam que podiam utilizá-lo de muitos modos, todavia muito diferentes dos modos praticados pelos desaparecidos deuses.

Os Primeiros, Os Vintesete, Os Elevados, Os Velhos Mestres, Os Novos Leshios, Os Magus, os magos originais tinham surgido e daquele dia em diante foram e ainda são a estância máxima do Poder sobre a terra.

O quarto estava escuro e nada se movia. Havia apenas um som, um ronco estridente e regular vindo da boca de alguém estirado na cama tosca feita de tábuas e abrigado sob uma colcha. A porta foi aberta pelo lado de fora, com extremo cuidado, sem ruído, e dois rostos espertos, com os mesmos traços, espiaram pela fresta. A abertura foi alargada e os dois intrusos entraram no recinto. Um deles levava algo que se mexia, tentando fugir do aperto das desajeitadas mãos. A pessoa na cama continuava roncando, um sono profundo. Passos cuidadosos levaram-nos até a beira da cama. O menino da direita posicionou suas mãos exatamente acima da cara roncadora e soltou a carga. Um som de algo mole e levemente úmido atingindo uma superfície dura foi ouvido, e a coisa arrastou-se sobre a face da pessoa, que despertou; grunhiu, cuspiu e levantou a cabeça, a coisa mole caindo no seu colo. A mão direita procurou a janela e abriu-a com um violento murro. No instante em que a luz encheu o aposento, os dois meninos arremeteram pela porta, gritando de satisfação. Quando os olhos se acostumaram com a luz, Alex olhou para a colcha. Sobre ela arrastava-se uma enorme salamandra preta e azul, coberta de gosma, com quase quarenta centímetros.

Alex limpou da cara o muco do bicho, e emitindo toda espécie de insultos e sons desarticulados, saiu em perseguição aos dois meninos. Ao alcançar a rua sem calçamento, topou com sua tia Francine, olhando com alegria para ele. A mulher segurava duas enxadas bastante usadas nas mãos. Alex olhou para ela sem se constranger. Ela riu.

— Ainda tem gosma na sua cara — disse.

Ele dirigiu-se a uma tina de madeira encostada na parede da casa, e lavou o rosto. Ao voltar-se, as gotas de água pingando do rosto e os cabelos molhados emoldurando a expressão facial ainda irada, parecia uma coisa aberrante e perigosa. A passos lentos e pesados, voltou ao interior do sobrado. Reapareceu instantes após, carregando a salamandra nas mãos. Atravessou o terreno que servia de área de lazer das crianças da vila, alcançando um muro que o separava de uma baixada de onde vinha som de água corrente. Com cuidado, devolveu o animal ao seu lar e voltou-se. A carranca se desvanecera.

— Não era preciso me fazer beijar uma pretalona — disse.

— A ideia foi deles, não minha — a tia respondeu. — Acalme-se, Alex. Eles tiveram o cuidado de pegar uma não venenosa.

Ele tomou uma das enxadas da tia e perguntou:

— Bem, o que temos a fazer?

— Carpir o mato do terreno dali detrás. Decidimos fazer um mutirão e erguer um forno, para queimar as partes inúteis dos bichos, e vai ser feito lá.

Ela apontou para um terreno vazio à esquerda.

— Vocês deviam exigir isso do escritório regional do governo — Alex disse.

— Não podemos esperar. A época de chuva começa para valer semana que vem, e se não temos um jeito de dar fim às carcaças, as passagens e espaços abertos da vila vão se tornar um matadouro de gente.

Francine caminhou para os fundos e Alex a seguiu. Atrás do sobrado havia uma larga área retangular ocupada por vegetação rasteira, parcos arbustos, insetos, pequenos répteis e ratos, para o qual todas as casas da vila davam seus fundos. Cinco homens de aparência e idade variadas já estavam limpando o solo, empunhando ferramentas tão gastas quanto a que Alex carregava. Algumas mulheres e meninas próximas — suas esposas, irmãs e filhas, sobrinhas, enteadas — recolhiam com pás as plantas e também as usavam para matar os ratos, lacraias, aranhas, insetos de todos os tamanhos e formas, cobras e escorpiões que corriam desnorteados de lá para cá. Francine apontou para um dos vértices do terreno. Ninguém limpava aquele canto, era o quinhão reservado a eles. Rajadas de sono atravessavam corpo e consciência de Alex, por isso ele cumprimentou os vizinhos mecanicamente ao passar por eles. Durante alguns minutos naquele canto, só se ouviu o som dos golpes de metal contra planta e terra, até que Francine falou:

— Estive pensando...

Ele encarou-a, esperando que continuasse.

— Um dos seus amigos, o tal de Nhande ...

— Andeara.

— Isso. Esse rapaz tem uma parente que é aluna da Escola de Magos, não?

— Sim, a prima dele, Nara.

Um brilho passou pelos olhos do rapaz.

— Faz umas semanas que nós, os mais velhos da vila, discutimos como melhorar isto aqui. Alguém disse: por que não contratar um mago barato? Fazemos uma coleta de dinheiro e pagamos pra ele cercar a vila com desenhos e amuletos de proteção. Você pode dizer: magos baratos são picaretas, e estará coberto de razão. Assim, pensei nessa moça. Se estuda na Escola de Magos, deve ser boa maga.

— Quer que eu procure Nara e pergunte quanto ela cobraria?

— Isso mesmo.

— Até o Quarto dia da semana que vem já terei falado com ela — Alex disse. — Vou procurar Marcus e ele passará o recado.

Francine sorriu para o sobrinho, pegou na enxada, que estava largada, e retomou o trabalho de ânimo renovado. Alex continuou a carpir, sem dar real atenção ao que fazia. Apenas depois de encerrada a conversa percebeu com que habilidade ocultara seus pensamentos e sensações. Ficou surpreso consigo, sentiu-se muito bem, poderoso e capaz.

A preparação do terreno exigiu horas de trabalho e resultou em um monte de folhas e caules postos a secar, além de dezenas de pequenos cadáveres. Queimaram tudo com alegria, como se aquele monturo fosse as próprias monstruosidades que queriam evitar. Aglomerados em volta da fogueira, exultavam com a coluna de fumaça que se diluía no céu, como se fosse uma oferenda ritual a si mesmos. Até Alex sorria.

A noite veio e flagrou o grupo reunido em volta de uma mesa de ardósia, comendo carne assada em brasa, alguns bebendo suco fermentado de frutas, outros, cerveja. Alex ficou pouco. Sua pele estava ensebada e acre, as mãos vermelhas e inchadas; sem dizer muitas palavras, levantou-se e foi para casa. Seus primos estavam brincando com as outras crianças. Dirigiram um olhar curioso e ressabiado para ele. O olhar feroz que deu como resposta foi simples encenação.

No quarto, sentou-se em cima de sua banqueta e olhou, olhou e olhou Shimandur. Seus pensamentos não foram longe, e não porque a visão da cidade, praticamente desprovida de torres e outros adereços sobrenaturais pouco inspirasse os sonhos do rapaz, mas porque algo muito prático lhe ocupava o consciente: como convencer Nara e, pior, seu ciumento primo, que o plano valia qualquer risco. Alex pensou no seu amigo Marcus, na relação deste com a prima, e riu sozinho. Depois lembrou-se do misterioso Oliver e suas ideias grandiosas; logo concluiu, com triunfo e júbilo, que ele e Nara deveriam se encontrar: Sim! Isso seria feito. Esse encontro poria tudo em marcha, realizando os planos e desejos dele e do músico. Uma divagação passou com tamanha rapidez por sua consciência, que mal pôde fixar na memória: suas aspirações, seus desejos mais profundos e caros, uniam-se aos acontecimentos dos últimos dias e às possibilidades que estes anunciavam, e formavam algo brilhante e perfeito, como uma joia lapidada, cujo brilho cobria toda Shimandur e a limpava da maldição da chuva.

Sim, Nara e Oliver tinham de ser postos frente a frente. Tanta era a energia que ele se sentiu zonzo, girou a cabeça e olhou o mapa de Shimandur pendurado acima do beliche em que seus primos dormiam. A reserva florestal norte era um verde-escuro desprovido de formas, que ocupava grande parte do norte da cidade. Os devaneios sobre em que ponto terrível da reserva a Torre estaria, tão intensos e detalhados tornaram-se que em certos momentos julgou-se engolido pelo verde no mapa, misturaram-se a construções fantasiosas do encontro entre ele, a jovem Nara e o músico andante, cenas em que ora o poder e a harmonia que fluíam desse encontro eram tamanhos que engoliam a Floresta sem esforço ou demora, ora prenunciavam conflitos e perigos que apenas os misteriosos deuses poderiam encarar. Ele andou de um canto a outro do quarto mais vezes do que poderia lembrar-se, ficou horas procurando a Torre Máxima na tinta verde do mapa, mediu a noite. Por fim, adormeceu.

À uma hora da tarde do Primeiro dia, a Praça IX dos Heróis, como todas as praças, estava tomada pelo estridente ribombar dos sinos, marcando o tempo pela cidade. Shimandur tinha muitos templos religiosos, de todo tipo de religião: espiritualistas, hedonistas, mágicas, libertárias, opressoras, proféticas, fatalistas, pessimistas, ascéticas, de caráter pagão, maniqueístas. Por força de lei todos tinham sinos no topo, que durante os Dias tocavam de hora em hora, do raiar do sol à primeira hora da noite. Andeara e Alex estavam sentados nas mesas externas de um pequeno restaurante, defronte a um templo dedicado às entidades para as quais os magos dirigiam suas súplicas e pedidos de energia mística. O pórtico da construção era ricamente entalhado com representações de seres diversos: criaturas de formas esfumaçadas, homens com cabeça de animais chifrudos, gigantes disformes em poses ameaçadoras: antigos habitantes do mundo, antes da ascensão do homem — destruídos pelos Deuses, segundo as lendas valeshias.

Pensativo, Alex observava os detalhes do pórtico, enquanto tomava seu café com conhaque. Andeara saboreava da mesma bebida, olhando o nada. Alex tinha passado a proposta de Francine, informara quanto os moradores da vila poderiam pagar, e agora esperava o previsível questionamento que seu amigo faria. Mas como ele nada disse, Alex partiu para a ofensiva e falou com a voz mais natural possível:

— Quando posso falar com sua prima?

— Não é preciso que você fale — Andeara respondeu. — Passo a proposta e à noite eu a levo até sua casa para conversar com sua tia. Você sabe bem que Nara não tem muito apreço pelo Grande Sul Sujo, muito menos pela pobreza em que lá vivemos, mas praticar magia sem os magos mestres vigiando e ainda ganhar dinheiro pra isso... Aceitará de pronto.

— Sim, mas... Ah, nada. — Alex calou-se e fixou os olhos no vapor que se levantava da xícara.

— Alex, você quer pôr minha prima naquela maluquice de achar a Torre.

O rapaz ficou um pouco surpreso, mas evitou muito bem que a surpresa alcançasse seu rosto. Falou como se dissesse as horas a um desconhecido:

— Sim, é isso. Quero que ela e Oliver se encontrem, conversem e ela avalie nosso plano.

— Não, isso parece assustador. Nara e aquele palhaço, amigos... E por que você tem que falar com ela antes de mim?

— Porque ela é muito determinada e esperta, com certeza vai aceitar — Alex disse. — E você, que trata de protegê-la como se fosse uma donzela de olhos arregalados, logo se oporia dizendo que isso não é coisa para uma garotinha doce, coisa que ela não é e você insiste em imaginar.

*

Os dedos de Andeara, nervosos, tamborilaram na mesa, passearam pelo revestimento de madeira envernizada, os lábios se umedeceram, uma onda de calor vinda do abdômen espalhou-se por seus músculos. Ele lutou contra o apelo do instinto e ficou quieto. Vendo que ele nada diria, seu melhor amigo continuou:

— Não começarei de novo aquela ladainha que você já conhece, ela não é o que você imagina. Pensei nela porque é uma excelente aluna dos magos e muito esperta. Bem mais do que você acha, aliás.

— Sei quem Nara é — Andeara disse. — Mas... escalar a Torre Máxima!? Aquilo é...

— O pior lugar de todo Valesh, eu já sei. O que faremos não é uma excursão, é uma loucura, eu sei, mas planejaremos tudo direito.

— *Faremos?*

— Sim, Marcus. Eu, você, o índio, Nara e Oliver.

A mão esquerda de Alex agitou a xícara como se empunhasse uma lança, e o café cobriu o bico de seu sapato. Fez uma carranca de autocensura, pegou duas toalhas de papel de um prato pousado no centro da mesa e limpou as manchas, enquanto Andeara ria com estridência.

Então Alex levantou-se e continuou:

— Traga sua prima. Falarei com ela na sua frente, assim você tem chance de rebater minha ideia maluca e ela pode te rebaixar mais uma vez, hã?

Ele tirou algumas moedas do bolso, jogou-as na mesa, deu um tapinha no ombro do amigo e saiu andando.

Uma máscara medonha estampou-se no rosto de Andeara, que engoliu o restante da bebida como se fosse veneno, deixou sua parte da conta e também se foi.

*

No fim dessa mesma tarde, um mensageiro foi ao escritório em que Alex era um semiescravo não-especializado, trazendo um bilhete para o rapaz, assinado por Andeara. O conteúdo dizia que ele e sua prima visitariam a casa de Alex, por volta de oito horas, para discutir as condições do serviço.

A região onde Alex vivia não era o lugar mais pacífico de Shimandur, principalmente quando vinha a parte do dia em que os homens liberam seus instintos mais malignos com maior vigor. Assim sendo, Andeara não mediu despesas para garantir a segurança da sua amada: gastou considerável parte de seu salário de balconista no aluguel de um coche bastante confortável e espaçoso, do agrado da moça, e que os levou à porta da casa do amigo. Ele foi o primeiro a saltar do veículo repleto de detalhes metálicos na carcaça e cheirando a novo. Deu a volta, abriu a porta e conduziu a prima para fora com gestos cuidadosos.

A mulher a quem dedicava seu ardor era uma garota de pouco mais de um metro e sessenta, vestida com um manto escarlate caindo pelos tornozelos e uma capa negra presa às costas por enormes presilhas prateadas. Cabelos lisos e longos muito escuros mas brilhantes, rosto de traços doces e lânguidos, boca pequena, lábios finos e reluzentes, olhos escuros que lançavam um brilho que parecia sem fim ou origem, pele branca e aveludada; seu corpo pequeno mas esbelto era torneado à perfeição; ela ostentava todos os atributos e a graça de uma doce e frágil mulher, daquelas que fazem qualquer homem agir como o maior dos aparvalhados, tentando conquistá-la e protegê-la.

Um casal de velhos apoiados em um portão de madeira carcomida observou espantado a cena. O que a gente rica do centro fazia ali? Nara girou a cabeça, registrando com rapidez o cenário à sua volta, e dirigiu um facho de olhar ao casal, que ficou ainda mais espantado. O brilho intenso que partia de seus grandes olhos castanhos nesse momento não era uma expressão artificial, nada tinha de afetação, arrogância ou dissimulação. Tais luzes impossíveis transmitiam o orgulho simples de ser uma maga, uma pessoa que podia externar com toda liberdade o que havia de mais nobre e mais perverso em seu espírito, pois disso tiravam os magos sua força — da permanente tensão que habita todos os cantos da essência humana. Os magos não precisavam fingir que os desígnios divinos eram absolutos ou que as coisas baixas e escuras eram a única força autêntica do homem, nem entregar-se a uma ditadura do bem e do elevado. Toda a humanidade era necessária ao mago, e ela resplandecia nos olhos da garota.

Marcus tocou a sineta instalada em um nicho do muro, e esperou. Logo a porta frontal foi aberta, um rosto cansado surgiu e pediu que entrassem.

Cerca de uma hora mais tarde, eles fizeram o caminho inverso. Quando punham os pés no assoalho do coche, um vulto destacou-se da escuridão plana à frente deles, e esgueirou-se em direção ao veículo, sem que o condutor percebesse. Nara e Marcus acomodaram-se na cabine de passageiros, à direita, e o vulto abriu a porta do lado esquerdo com a leveza de uma brisa. A reação de Marcus foi automática e muito rápida. Avançou com o braço esquerdo levantado contra o rosto do invasor, que gritou:

— Calma, cavaleiro, sou eu!

Marcus parou como se por efeito de um feitiço, que na verdade nada mais era que o riso e o ar zombeteiro de Alex. Nara também começou a rir e fez sinal ao cocheiro para pôr o veículo em movimento. Marcus relaxou, a jovem parou de rir, e vendo que estavam em uma via bastante movimentada, deu sinal para o cocheiro estacionar defronte a uma praça tomada por plantas daninhas.

Menos tenso, Marcus recostou-se no assento forrado de veludo escarlate.

— Tinha me esquecido ou preferi esquecer que você disse que apareceria. Como saiu da Escola de Profissões antes das dez?

Alex fitou o amigo, impressionado com a ingenuidade dele, e riu mais um pouco. Depois voltou-se para a garota e cumprimentou-a, inclinando a cabeça:

— Como vai, Nara? É um grande prazer ver você de novo.

— Obrigada, Alex — ela respondeu, com a voz musical e intensa que maravilhava a todos que a ouviam, um canto de pássaro saído de boca humana. — O mesmo prazer me visita neste instante. Também estou contente em te ver. Pergunto sempre por você, mas meu dedicado primo responde com as mais idiotas evasivas. — Um sorriso desenhou-se nos seus lábios brilhantes.

Mais que depressa, Alex perguntou:

— Fechou negócio com minha tia?

— É um trabalho interessante, pois é algo complexo e extenso. Pena que não tenho tempo para tanto. Mandarei um colega, mais disponível.

— Bom. Agora, o segundo motivo desta aparição. Tenho um convite a fazer a você, maga de grandes talentos e encantos.

E Nara, a deslumbrante maga, ajeitou os cabelos com um gesto displicente mas tão gracioso, que parecia fazer parte de seus traços físicos. Seus olhos cresceram, vivos de interesse.

— Alex, seu maldito, nós já...

Um irritado agitar das mãos de sua prima fechou a boca de Marcus.

— E para que tipo de evento você está me convidando?

— Algo simples porém prazeroso: uma caneca de bom vinho e crustáceos fritos na Taverna Marítima, na primeira noite do Descanso, por volta de, digamos, nove horas. Lá você conhecerá o outro autor de nossos planos e que fará o convite propriamente dito. Ah, mas espere, que grande falta de minha parte! Sem dúvida que seu primo, meu amigo Marcus Andeara, ficaria de espírito aliviado se ele te levar. Não estou certo, primo?

Marcus nada disse. Remoía-se ao ponto do ódio. Ódio de seu amigo e ódio de si mesmo. Caíra na arapuca de Alex, e pior, sabia que sua neurótica proteção à Nara não o deixaria nem mesmo especular o que mais poderia fazer. Acompanharia a prima com a dedicação de um cãozinho, e também sabia isso. Nervoso e resignado, balançou a cabeça quase um nada, em aprovação.

— E o que esse alguém quer de mim? — Nara perguntou. — Por que deveria encontrá-lo?

— Esse alguém é uma pessoa que interessará muito a você. Como apreciadora do porte e classe dos velhos shimandurianos, você tem de falar com ele. E mais, esse homem faz parte de um grandioso plano, no qual eu, Marcus e o índio estamos inclusos. — Alex sorriu. — Plano que não podemos consumar sem os conselhos da maga favorita desta corja.

— Entendo. Então, que Aion acelere o ritmo da grande roda e o Descanso chegue mais rápido. Lá estaremos, às nove horas. Não posso ficar mais Alex, temos de ir.

— Muito bem.

Andeara viu Alex pegar a mão esquerda da garota com polidez. Beijou-a de modo educado, sem malícia, e saltou do coche, retornando à escuridão.

— Vamos embora — ordenou Marcus, a voz ligeiramente trêmula, e o condutor chicoteou as costas dos cavalos.

*

Marcus deixou Nara na entrada do alojamento dos magos, esperou que ela entrasse e partiu apressado. O diálogo travado há pouco dentro do coche reverberava, ia e voltava, era refeito e desfeito em sua desconfiada cabeça. Nara flertou com Alex? Alex galanteou Nara? Tiveram a ousadia de fazer corte um ao outro na frente dele? Alex beijou a mão de Nara, então havia algo entre eles, mesmo que uma simples intenção. Não, não era possível. Alex era seu melhor amigo, não seria de tamanha patifaria. Fora apenas educado e brincara com ele, Marcus. Mas Nara era uma garota deslumbrante e cheia de vida, uma mulher que torcia a cabeça dos homens. O que havia acontecido? Polidez, gentileza, ou interesse mútuo e dissimulação? Seus olhos procuraram o canto oposto do banco, e viram a descarada mão de Alex tocando Nara, o sorriso gentil nos lábios do seu amigo transformara-se numa risada de ousadia e escárnio, Ambos riram dele, unidos num abraço ardoroso e indecente. A mão esquerda de Andeara fechou-se e golpeou a porta com violência.

— O que está havendo, garoto? — A voz do condutor mostrava sua desaprovação.

— Hã, nada, desculpe.

O condutor, um homem alto e mal vestido, grunhiu alguma coisa e depois ficou em silêncio.

Ele sentou-se tenso e contraído no assento. Com grande esforço afugentou as imagens. Não podia ser.

Pouco após a noite do Quarto surgir, Alex já estava na mesma mesa do Templo, à espera de Oliver. O músico gorducho surgiu e sentou-se na mesma hora que tinha partido, dias antes. Detalhe percebido por Alex, que apreciou a curiosa coincidência.

— Que você ouça a voz de Sirana e assim veja as estrelas que repousam na terra* — rogou Alex.

— Que um gole do vinho disperso de Baltas lhe seja oferecido e assim conheça os segredos para seduzir todas as damas, se você já não os tem — respondeu o músico, enquanto se acomodava.

— Tenho uma amiga que é excelente aluna da Ordem, muito talentosa — Alex anunciou, indo direto ao assunto. — É a melhor que pode nos acompanhar, pois ainda não foi nomeada.

— E portanto ainda livre das obrigações e vigilâncias que tornam um mago nomeado difícil e até mesmo arriscado para nós.

— Exato. É a prima de Marcus. Chama-se Nara Andeara. Uma fadinha, linda e provocante, que nos encontrará na primeira noite do Descanso. É cheia de vida, mas também muito esperta e desconfiada; não conseguiremos sua ajuda apenas com palavrinhas bonitas. Escolhi a Taverna Marítima, ela não iria a lugar menor. Você pode arcar com a conta?

— Sim, sem transtornos. Diga, muitas dificuldades? Pelos termos com que a descreveu, deve ser daquelas garotas que têm um cortejo de homens à frente, que espalham suas línguas no chão com prazer, para ela pisotear com desdém, certo?

— Isso mesmo, mas não houve dificuldades — Alex disse, com um sorriso. — Nara é esperta demais, porém nostálgica. Cultua os hábitos e artes dos tempos passados, pois julga o tempo presente medíocre. Eu disse que você era um sobrevivente daqueles tempos e isso bastou. Além do mais, ela me tem em alta conta. Aquele parvo do primo foi mais difícil.

Oliver mexeu a cabeça um nada, em aprovação, os olhos estreitos. Disse:

* *Tradicional saudação entre homens de Shimandur. Seu significado é desejar mutuamente sagacidade e grande lábia, por meio de referência a figuras do folclore valeshio.*

— Admiro sua determinação, Alex, mas pense no que queremos. Já estive lá. A Torre Máxima não é deste mundo. É a fonte de onde o mal sem-fim que atormenta Shimandur brota. É uma manifestação pura e sem limites de tudo que é contrário e inimigo da ordem e da humanidade. Se seus amigos não estão à altura da jornada, que fiquem escondidos em suas casas. Iremos eu, você e a maga. Tenho dúvidas. O primo e o índio raivoso me preocupam. São cheios de vitalidade e coragem, como você, mas há dúvida no espírito deles. Não confiam em mim e julgam você louco e imprevisível. Uma empreitada tão difícil e perigosa exige plena entrega, desprendimento em relação às consequências e nenhum questionamento. Eles são os elos fracos na corrente que estamos forjando. Mas você os conhece de fato e eu não. O que diz?

— Juara confia em mim e em Marcus sem reservas. Irá aonde dissermos. E será muito útil; ele pertence a uma tribo de grandes caçadores e batedores, e conhece todos segredos de uma mata fechada. — E depois de uma pausa: — Andeara pode atrapalhar. Porá obstáculos e verá perigos em tudo. É um fraco que teme o mundo, mas quanto mais estiver sob o mando de Nara, menos incomodará. Se ela for convencida, ele não causará problemas.

— E quanto tempo será preciso para que todos estejam prontos? Veja, a maga precisará de várias horas, talvez um dia, para se preparar, magos são uma raça estranha e complicada, mas pretendo que partamos na manhã seguinte ao encontro dessa moça. Acha isso possível? De sua parte e dos outros?

— Quanto mais cedo, melhor. Partimos quando você e Nara determinarem. E mais: precisamos de um grupo, dois ou três não bastam e eles irão. Converse com a garota, veja quem ela é e depois decidimos.

Sem responder, Oliver engoliu num só gole o que havia de vinho no copo. Alex pôs uma cédula debaixo de seu copo e anunciou:

— Nove horas, na Taverna Marítima.

Oliver apertou a mão do rapaz, ambos ficaram em pé e partiram. Alex caminhou para o coche com a cabeça queimando. Tudo caminhava muito rápido, combinações, diálogos e planos se acumulavam para rebentar em algo muito grande. E o mais incrível e desconcertante é que ele não se sentia perdido em meio a esse turbilhão; ao contrário, pela primeira vez em sua vida Alex sentiu-se parte de alguma coisa sólida e satisfatória. Uma súbita onda de calmaria e felicidade veio, ele espalhou-se no assento e pediu ao condutor para levá-lo à Escola de Profissões da área sul.

IV. Na Taverna Marítima

As velhas sabedorias não envelhecem
Pois a cada geração,
No esplendor de sua juventude tola,
Elas remoçam sempre, e eu e você e todos nós
A elas encontramos ao sair mundo afora, ao beber nas tavernas

— Trecho de "Aforismos para a Vida", canção popular shimandúriana

Mais uma semana de labuta terminava em Shimandur e as pessoas refugiavam-se em amplos salões iluminados por luzes multicoloridas, procurando meios fugazes de afugentar o cansaço e a tensão. Na noite do Sexto dia, o primeiro do Descanso, uma cúpula de nuvens estacionara sobre a cidade. Nem a mais insistente das estrelas conseguia expor seu brilho; o ar estava carregado de umidade, o silvo do vento trazendo com ele a ameaça da chuva. Golpeada pelo ar cheio, a pele dos shimandurianos provocava-lhes uma sensação agradável e suave, a antiga sabedoria do corpo dizendo que água era vida. E suas consciências lembravam-lhes que água também poderia ser morte.

Mais uma noite nebulosa com promessas de chuva caía sobre Shimandur.

A Taverna Marítima era um dos mais afamados desses refúgios amplos e iluminados. Seu salão luxuoso era decorado com pinturas e gravuras vivas e coloridas que retratavam a famosa frota pesqueira de Panteania, cidade costeira situada ao sul, fundada por shimandurianos e cujos nativos possuíam lendária habilidade em abater as mais ferozes criaturas marinhas que infestavam os mares ao sul do Valesh, fazendo alguns shimandurianos sentirem orgulho daqueles "parentes do mar" que enfrentavam monstros e os venciam. Era um prazer e vaidade, para aqueles que podiam, comer e beber na Taverna Marítima ao redor de pinturas de homens que matavam monstros como lulas gigantes, baleias-serrote e pseudokrakens munidos apenas de arpões e coragem.

Alex a escolhera usando de cuidado, pois para ele e Marcus, Nara, a estudante de magia, era apenas um aspecto da garota rica e mimada, de sua condição de "gloriosa", uma jovem mulher filha da elite, criada em meio a todo conforto e fartura possíveis a um shimanduriano abastado. Segundo Marcus relatara e Alex imaginava, era por demais raro que as preferências e desejos dela não recebessem a satisfação devida.

Nara era muito mais do que eles supunham. Portava e escondia, sem esforço, mais matizes e mistérios que Alex pudesse sonhar. E a sabedoria e conhecimento dele sobre as mulheres (ainda) não lhe permitiriam mais, nesse momento em que não queria correr riscos; precisava deixá-la satisfeita e à vontade para que fosse convencida, e Oliver tinha o necessário para que a reunião acontecesse, para alívio de Alex.

E Alex, Oliver e Juara já estavam no salão, esperando. Cada um tinha um copo de vinho forte nas mãos. Esperaram pouco tempo: logo uma carruagem robusta e elegante parou diante da taverna. A porta abriu-se e Nara saltou para dentro da noite, magnífica em um macacão de linho negro, de linhas suaves, a capa de seda verde tremeluzindo, apesar do ar quase parado (efeito de um feitiço pueril, que ela usava sem remorsos, apesar dos mestres da Ordem desaprovarem tal uso da magia. Ora, o manah fervilhava em Shimandur. Qual o mal de embelezar-se?), e as longas e justas botas negras, cobertas de desenhos em relevo de símbolos místicos. Marcus veio em seguida, levando-a pela mão. Nara estacou na porta principal, varreu o ambiente, registrou com prazer os olhares apalermados dos homens, hostis ou cheios de inveja das mulheres, e sorriu para Alex, que devolveu o sorriso, um convite para juntar-se a eles. Ela aproximou-se em passos largos, Alex levantou-se, beijou sua mão e falou, com uma segurança já habitual:

— Bem-vinda, minha cara.

— É pena que a maioria dos rapazes e homens de Shimandur não tenha sua postura e graça, meu amigo — ela respondeu, com um sorriso. — Bem, quem são nossos companheiros?

Alex afastou-se, permitindo-lhe a visão livre da mesa.

— Juara, nosso índio bravo, você já conhece — disse. — E este é Charles Oliver, músico andante viajado e de boa conversa, que muito queria te conhecer.

Nara olhou de esguelha o índio, sem esconder o nojo do olhar úmido e arfante que ele despejava em cima de seu corpo. Sem posturas falsas, voltou-se toda para o homem de meia-idade que a estudava com vivo interesse. Por um instante, Nara e Oliver olharam-se sem cerimônia. Reconheceram entre si uma energia que, a despeito de convertida por suas consciências em coisas bastante distintas, provinha de uma mesma fonte. A afinidade já fora percebida, deveriam então conhecer as diferenças.

Marcus não gostou nada do brilho que saltou entre os olhos de sua prima e do músico por um demorado instante. Alex, satisfeito, puxou uma cadeira, e Nara sentou-se entre ele e Oliver. Marcus ficou de frente para eles, ao lado de Juara, esperando a trama maldita ser tecida pelos artesãos insolentes.

Oliver tomou a mão de Nara e apenas ergueu-a no ar, soltando-a em seguida. A suavidade e o inusitado do gesto causaram em a jovem um leve deslumbre, que não soube nomear, uma sensação que a desconcertou.

Era da natureza dos magos e sua obrigação mais elementar conhecer as motivações e emoções dos homens, das mais básicas às mais secretas, inclusive de si mesmos. Ela, a impossível Nara, dos mais promissores magos aspirantes, que já conhecia as motivações e sentimentos humanos em uma profundidade assustadora, não sabia o que pensar desse homem gordo e exultante, sequer conhecia o nome do que ele provocara em si.

Aproveitando-se do momento, ele falou antes que a surpresa desaparecesse:

— Encantado em conhecê-la, senhorita. Sou Oliver, músico andante. Nascido em Shimandur, criado em meio a sua loucura e tornado homem ao conhecer este mundo cercado de estrelas como você.

A garota sorriu, agitou seus cabelos e espalhou sua voz firme no ar:

— Mulheres mais velhas, com quem divido os segredos que só devem ser compartilhados com amigas, nunca com parentes, reclamam com frequência que os homens de Shimandur perderam sua classe e elegância e esqueceram como usar as palavras, embora uns poucos jovens tentem manter essa centelha. — Dirigiu um olhar para Alex e seu primo. — É uma dádiva encontrar um tipo de homem que só conheci por nostalgia alheia.

— Os homens não perderam sua classe, senhorita — disse Oliver. — Talvez você apenas não os tenha encontrado. O modo certo de falar e tratar vem apenas após vivência. Seus amigos não são grosseirões, apenas jovens. E são especiais. Serão homens, acredite.

— Se não fossem especiais, não estariam comigo.

Nara falava como uma rainha proclamando sua majestade. Alex percebeu uma reação em Oliver à arrogância natural da garota. Algo iria acontecer. Já estava no ar, que estalou a um movimento dos dedos do músico.

— Estamos na Taverna Marítima — disse Oliver —, que continua servindo, após sessenta anos, o melhor vinho forte de Shimandur, e você ainda não está bebendo, minha encantadora.

Um garçom, vestindo calça negra e capa larga e fina, aproximou-se.

— Vinho rosado, da variedade mais escura — pediu Nara. Em seguida, fixou os olhos em Oliver, que esboçou um sorriso zombeteiro.

O garçom voltou, trazendo uma taça esguia repleta de um vinho que exalava frescor, aroma de frutas e força. Ela bebeu um gole generoso e continuou, em outro tom, mas com os olhos presos em Oliver:

— Então, você se proclama um conhecedor do mundo. Por onde andou? Que tipo de andarilho é você? Realmente viu o mundo ou esteve por dois ou três anos labutando em tavernas e pensões sujas do Krulesh, e encobre sua frustração com histórias aumentadas?

A resposta do músico foi simplesmente relaxar de um jeito a um só tempo natural e teatral diante da provocação da garota. Parecia alegre e satisfeito aos olhos de Alex. Bebeu mais vinho e respondeu:

— Você é o que eu esperava: uma amizade digna desses rapazes. Lembra-me um dito da Galânia: "Não encubra seu ser luminoso com os farrapos que são o medo de chocar e a pretensiosa civilidade."

Oliver continuou tranquilo, como se o dito que acabara de recitar fosse um simples jargão de músicos e não o que era: uma porção de sabedoria antiga, coberta de obscuridade e quase mística.

O desconforto que se espalhou por Nara ao ver um conhecimento tão antigo ser portado com tanta facilidade, deixou-a sem saber o que dizer. Perdida, fez um comentário qualquer:

— Sabedoria valiosa e típica daqueles filhos de bárbaros.

— Sim. Os galaneses prezam a grandeza de seus antepassados, querem ser selvagens. — O homem fez uma pausa, e então disse: — Mas de volta à sua pergunta. Passei quase trinta anos fora do Valesh. Alguns, nas Ilhas Esparsas, outros nos navios mercantes que rodam o grande oceano e cerca de vinte percorrendo os cantos, vales, lugarejos e metrópoles do Krulesh.

— Trinta anos! — Nara exclamou, sentindo que achara alguém à sua altura. — Isso é pouco menos que a minha vida somada a um dos rapazes. Uma vida a espalhar e coletar vivência. Conte sobre ela.

— Foi cheia de incidentes e acontecimentos. Eu poderia entreter vocês durante noites inteiras, enquanto nos embriagamos. Mas Shimandur, esta joia oculta na terra úmida, é mais interessante do que minhas histórias, que ao fim seriam todas parecidas. Eu não teria vivido o que vivi e do modo que vivi sem a riqueza que nossa cidade esculpiu em meu espírito, nos meus primeiros anos. Por conclusão, ela é mais atrativa que um punhado de aventuras tolas. Oh, Shimandur de minha juventude, estou de volta! — Oliver recitou, com braços abertos, a querer abraçar todos os prédios, pessoas e luzes que via.

— Como ganhou seu sustento durante estes anos? — Nara quis saber. — Deve ter exercido um sem-fim de ofícios curiosos.

— Alguns realmente estranhos, como anunciador de tempestades plantado no alto de ruínas macabras, provador de bebidas exóticas e outras mais. Mas foi esta velha amiga, aliada a meus dedos, que garantiu meu pão. — E com agilidade de um gato, o músico tirou a clarineta da caixa.

A maga estudou o instrumento por alguns segundos, espreguiçou-se e deitou as costas da mão esquerda no queixo, sorrindo. Um sujeito fascinante! Não era tão jovem, mas irradiava segurança, sabedoria, e tudo mais que um homem verdadeiro deveria ter. Pediu:

— Você tocaria algo para esta mocinha atrevida?

— É sempre um prazer espalhar a beleza sonora ao redor da beleza física e espiritual — o homem respondeu, e pôs-se a repetir um tema, uma linha melódica desprendida e tranquila que surgia no interior de improvisações ora alegres, ora cheias de gravidade.

Alex captou de imediato a atmosfera que a música criava. Aos seus olhos, Marcus percebia apenas o bastante para perturbá-lo mais um pouco; Juara tentava mover a cabeça ao ritmo da música, sentindo que era mais do que mostrava; e a jovem parecia escutar com os ouvidos de maga treinada para identificar as paixões, motivações e segredos mais profundos dos homens em todos seus atos e criações por meio de um olhar aguçado como o saber de um deus. Música era a arte mais praticada em Shimandur, e os magos eram desde o início educados em suas profundidades e mistérios, em saber como usá-la e como defender-se de seus poderes.

Oliver terminou o improviso lentamente e retornou a clarineta à caixa de veludo negro. Estudou Nara atentamente, e Alex sentiu que se confirmava que seu plano seguia adiante.

— Sua música está cheia de beleza e sabedoria, Oliver — Nara reconheceu. — Você certamente poderia ter se estabelecido nos grandes reinos do Krulesh, longe do provincianismo sufocante do Sul. Por que voltou? Por que precisa de Shimandur?

— Como eu disse, esta é uma joia coberta por terra úmida. Terra úmida e suja, cheia de coisas que querem devorá-la. Desde o começo dos meus Dias,* penso sobre esta maldição que não nos deixa ser o que somos. A joia que é Shimandur deve ficar livre da lama, receber os raios do sol, para que suas facetas, as pessoas, brilhem.

— A maldição de Arbus. Sim. Esse peso que carregamos. — Nara hesitou por um momento, antes de prosseguir: — Alex te anunciou como se fosse portador de segredos e maravilhas. Você reivindica a posse de algo que faça frente à maldição, por acaso encontrou os espectros dos deuses doadores nos baixios do mundo e eles lhe deram algo?

— Não consegui tanto, mas andei muito, Nara. Fui um andarilho e tanto. Vi coisas maravilhosas que se pensava perdidas e outras tristemente reais e cotidianas. Mundo errado este! Os prodígios da vida são raros e a maldade empesteia tudo.

— O que viu, para te marcar assim?

— Muitas coisas, tais como os feiticeiros que habitam na Terra da Noite.

— Os bruxos? Você esteve na Terra da Noite, viu os bruxos** e está aqui? — A jovem maga fez um sinal

---

* *"O começo dos meus Dias" é uma expressão típica dos shimandurianos de origem humilde, que se refere ao começo da vida de labuta e desgostos (geralmente a adolescência), por citação aos Dias de Trabalho.*

** *O termo com que Nara se refere aos praticantes de magia da Terra da Noite significa, segundo conceito corrente na Ordem dos Magos, "pervertidos que manipulam a força sagrada para intentos malignos e anormais", enquanto eles magos tratariam de manter o fluxo de manah de Shimandur em harmonia com os ritmos do universo. Essa diferença está presente no manuscrito original, escrito em valeshio do sul, e do qual esta narrativa é tradução.*

para afastar malefícios, uma minúscula torção do dedo indicador.

— Ver é um exagero. Éramos um grupo de cinco, carregando armas a não poder mais. Nós nos esgueiramos por entre rochas e troncos, e tudo que vimos foram sete vultos movendo-se de jeito esquisito, em torno de um círculo de pedras. Depois, corremos sem parar, apavorados e orgulhosos.

— Com que intuito tamanha ousadia? — O interesse dela parecia cada vez maior.

— Vários motivos me levaram para longe. O maior foi a busca da verdade sobre o que se passa aqui, qual seria a fonte do mal que castiga Shimandur.

— E julgou que aqueles velhacos deformados dariam essa verdade? Sabe o que é o manah e o que nós magos realmente somos, hein, Oliver?

A voz continuava doce e agradável, mas algo indefinível e importante mudara nela e em Nara. Alex ficou apreensivo, mas Oliver parecia satisfeito; talvez saberes que lhe tinham sido transmitidos há mais de trinta anos mantinham o brilho e o poder. O músico respondeu à garota de imediato:

— Vocês manipulam o manah, a essência criadora do universo, mantêm seus fluxos em ordem, controlam suas erupções, evitam que os rios de manah que fervilham em Shimandur transformem-na em algo que não devemos sequer imaginar.

— Isso mesmo — Nara confirmou. — O manah está muito além da matéria, dos átomos. Comparados a ele, são rascunhos sujos. O manah compôs e ordenou o universo.

— O Grande Pai? Vocês falam de Grande Pai — espantou-se Juara.

— Manah é o sangue, a essência criadora do universo. Grande Pai, Pai Velho, O Senhor, não existem por si. São sombras dela, que os homens imaginam — Nara respondeu, sem dirigir o menor olhar ou gesto a Juara. — A fonte do tudo não sabe que é fonte, não sabe que cria, ela *é*.

— E os magos evitam que o espírito dos homens que não sabem como imaginar e criar subvertam a ordem que mantém o mundo — Oliver observou, olhos pregados em Nara, enquanto seus dedos, distantes da conversa, realizavam uma série de movimentos muito suaves e complicados, como se estivessem deslizando pela clarineta e produzindo mais uma vez aquela melodia complexa e hipnótica de minutos antes.

— Nara, isso até quando? — Alex desafiou. — Shimandur está condenada a sofrer para sempre porque seus habitantes não sabem lidar com a força original? Pois que aprendam, que deixem de ter medo e pensem por si.

O suspiro que deixou a boca da maga poderia estar carregado de feitiços, mas tudo que continha era censura. Ela tomou ar e continuou, dirigindo-se a ele:

— Jovem e antigo amigo, já discutimos isso em outras ocasiões.

— Sim, mas...

— Espere, um momento.

Fez um gesto circular, que impôs silêncio à mesa.

Todos os homens ficaram estáticos, observando a maga aspirante mergulhar em algum transe sinistro e indecifrável, a cabeça baixa e os cabelos balançando.

Momentos como esse perturbavam Alex. Desde criança detestava assistir ao espetáculo de um mago em ação; a linguagem e atitudes dos praticantes da magia sempre foram incompreensíveis para ele, sempre lhe pareceram uma afronta a pessoas como ele, que não era mago e não conseguia entender os seus modos arrogantes. Mesmo se feita por uma criatura de intoxicante beleza, não conseguia suportá-lo. Havia uma raiva crescente nele, estava farto da magia que não era expressão da capacidade humana.

Poucos segundos passaram-se, porém, e Nara ergueu os olhos e voltou a falar.

— Agora eu entendo o que se passa, que tipo de convite me será feito. Esse encontro também é um teste. Liderados por você, Oliver, os rapazes planejam um grande feito. Como nesta cidade nada de certo porte é feito sem conhecer as implicações mágicas, fui convidada a participar. Mas também sou avaliada.

— Você leu nossas mentes? — Os lábios do músico mal se moviam.

— Não a de vocês, a minha — Nara respondeu. — Mergulhei em mim, ouvi minha intuição. E ela está certa.

— É claro que está — Oliver disse. — Conheci seus amigos há poucos dias. Em verdade, eu procurava por eles desde meu regresso, estava tenso e desanimado, quase convencido de que jovens como eles não mais existiam. Mas eles surgiram, nós nos encontramos. E ainda há quem diga que os deuses doadores e suas graças se foram! Conversamos e conheceram meu plano, meu ideal.

— Qual é o seu plano?

— O que ouvi a seu respeito foi apenas a antessala de seu ser, minha adorável. Você é tudo o que eles disseram e muito mais. Certamente é aquela de que precisamos: abençoe nossa jornada com sua sabedoria e presença, ou faça-nos desistir agora.

— Qual é o seu plano? — ela insistiu.

— O que é a Torre Máxima? De onde veio, qual a sua natureza? É ela, ou um artefato lá guardado, a fonte do poder que amaldiçoa a chuva? É a fonte do manah, ou apenas o controla?

— Vocês pretendem atravessar a Floresta dos Pesadelos Encarnados e confrontar a Torre Máxima... aaaahhhhh! — A jovem explodiu numa gargalhada que tirou a reação de todos. Recuperou a respiração normal com esforço e continuou: — Diga-me, músico andante, qual conhecimento alimenta sua audácia? A Torre Máxima é temida até pelos decanos da Escola. Quando um novato os irrita com delírios de domar a Torre, e assim se tornar o mago supremo, eles contam o que ocorreu a Dulardo e Guido, dois praticantes que foram em busca dela. Tiveram um fim tão medonho e sobrenatural que vocês não entenderiam, e se entendessem, enlouqueceriam.

— Temida? Temida? Isso é absurdo. Vocês lidam com suas emanações desde sempre. É mais que hora dos magos e dos shimandurianos, que os sustentam, desbravá-la e destruí-la — exaltou-se Alex.

— Diga como — provocou a maga.

— Quantos magos já foram até lá? — quis saber. — Algum decano ou mestre entrou na Floresta dos Pesadelos Encarnados?

— Há coisas sobre a vida de um mago que os não-magos jamais entenderão.

— Ah, uma importante verdade. Perdoe estes viventes* por sua ousadia e ignorância, maga de Shimandur.

As últimas palavras saíram da boca um pouco torcida de Oliver carregadas de ironia grosseira, que Alex ainda não tinha visto o músico usar. A expressão de Nara, ao receber essa pancada, ficou feroz. Por um instante, Alex viu o plano ruir, até um toque em seu joelho trazê-lo à realidade. Oliver dirigiu-lhe um olhar decidido, e ambos voltaram-se a Nara. Ela estava pasma, indignada, enfurecida até.

"Que arrogância!", Nara pensou. Um músico andante, um sujeito sem casa, desafiando a ela e à Ordem, a

---

* *Termo de certo teor pejorativo com que os magos se referiam aos que não lidavam com o manah. Seu significado exato seria um misto de "simplórios", "os que passam pela ordem cósmica sem percebê-la" e "aqueles que apenas existem". Porém, a verdade, que contraria os preconceitos e lendas que ainda correm o Valesh, é que o termo não era adotado ou apreciado por todos os magos.*

única instituição, daquela cidade obtusa, em que se cultivava a grandeza. Artistas e músicos! Todos como o pai dizia: "Insolentes e criticando as qualidades dos grandes homens." Viu por um minuto os bruxos e já se julga capaz de enfrentar o núcleo da magia. Ou será que houve mais? Deve ter folheado alguma edição dos grimórios cinzentos e se deliciado com suas asneiras. Ou o quê? Olhou duro nos olhos de Oliver e nada encontrou que conhecesse. O homem estava brincando com ela, não tinha nenhum segredo que pudesse ocultar de uma mulher e maga, somente fingia. E ela iria mostrar isso. A mão esquerda de Nara pousou, pesada e aberta, na mesa, e ela falou:

— Então é isso. Uma expedição à Torre Máxima, tendo-me como guia e protetora?

— Como foi dito, abençoe-nos com sua presença ou decrete nossa loucura. Pretendemos partir amanhã, antes que o sol esteja no alto — Alex insistiu.

— Amanhã? Esperamos o sol surgir e partimos? Não contaram isso antes porque sabiam que eu não a traria aqui se soubesse — indignou-se Marcus.

— Eu acompanharei vocês — Nara disse, ignorando-o. — Uma maga quase nomeada, junto a três rapazes e um músico que pensa ter conhecido a antiga sabedoria. Quando entrarmos nos ermos onde apenas as erupções do manah comandam a realidade, eu os salvarei, cuspindo risos que vocês amaldiçoarão.

Os novos protestos de Marcus foram logo silenciados por Nara, que o calou com três palavras. Questões práticas impunham-se por si e ela deu-lhes voz:

— Tencionam levar armas? Digam quais, pois incorporarei feitiços adequados, que completem seu poder de destruição.

— Pois ouça: cada um dos homens portará carabina de cano curto, bombas incendiárias e facão de mato — Oliver disse. — Certamente você carregará apenas sua espada particular.

— Merece elogios seu conhecimento de que magos não podem utilizar armas de fogo.

— E de onde virão as armas? — inquiriu Marcus, desafiando a confiança gravada no rosto do clarinetista.

— De amizades legítimas que não me esqueceram nestes trinta anos, as mesmas amizades que conhecem as passagens que nos levarão para dentro da floresta. Basta que eu envie algumas mensagens, ao deixarmos a taverna, e todo material de que precisaremos estará esperando ao amanhecer.

Os demais detalhes foram tratados durante a hora seguinte. Oliver tinha respostas prontas — equipamento e conhecimento — para tudo. Ele garantiu, e os jovens não duvidaram, que na manhã seguinte eles teriam em mãos armas, um mapa confiável e detalhado daquele lugar maldito que ninguém penetrava, provisões apropriadas, bússola. Nenhum deles ficou muito surpreso com a prontidão do músico. Já era evidente que desde seu retorno planejara a campanha, só lhe faltava os companheiros. Como o interior da floresta que cobria o extremo norte era pouco conhecido e a localização da Torre Máxima uma conjectura, Nara, Alex e Oliver estabeleceram que ficariam dois dias ausentes de suas casas e de seus deveres sociais — o que poderia ser pouco, diante da extensão da floresta e do que procuravam, ou bastante para terem um fim digno de enregelar o sangue de outros atrevidos e corajosos.

A calma com que eles trataram a possibilidade de a jornada invadir os Dias de Trabalho próximos não foi compartilhada pelos demais: Juara manifestou apreensão, vencida sem dificuldade por Alex; a indignação de Marcus por decidirem que esqueceriam de emprego e escola como se fossem trastes empoeirados foi simplesmente ignorada.

Finalmente, era hora de deixar a Taverna — Nara precisaria de horas de intensa disciplina para incorporar os feitiços, e todos precisavam de descanso. O músico pagou a conta exorbitante sozinho, largando as cédulas na mesa com indiferença.

Nada mais havia a falar, partiriam em menos de doze horas e trovões rugiam no céu pesado de nuvens, anunciando uma chuva que já golpeava o solo maldito da cidade das torres. Não brindaram e não se deram as mãos, pois não se celebrava o tipo de jornada que fariam. Mas Alex e Oliver pareciam satisfeitos, assim como Juara, seguidor dos amigos até nas emoções. Marcus não se abateu mais: sabia que fora à taverna para ser derrotado. O que faria, além de seguir por todos os lugares a garota que julgava amar?

Marcus e Nara embarcaram em um coche novo, rumo ao alojamento dos magos, Oliver e Juara entraram numa mesma carruagem, pois suas casas eram próximas uma da outra, e Alex acomodou-se no estrado de uma charrete coberta, puxada por um cavalo magro e dirigida por uma mulata corpulenta e vestida com trapos. Pagou a taxa e disse seu destino. A mulher chicoteou o bicho, que se moveu com má vontade e depois apertou o trote.

Os trovões cresceram e em minutos uma torrente cobria toda Shimandur. Alex sacolejava no interior do veículo, enquanto inventava a história que lhe permitiria ausentar-se por dois dias dos olhos da vigilante Francine. Ele pouco mentia, mas o fazia sem dificuldades. Criou uma história pouco elaborada, os trovões perturbavam seu trabalho mental. Não eram mais fortes, mas diferentes, estouravam no ar de um jeito que nunca ouvira, cheio de ecos e reverberações. Desistiu de inventar algo convincente e entregou-se a repassar todo conhecimento sobre a Floresta dos Pesadelos, ao qual ele tivera acesso: indicações topográficas, descrições de animais perigosos e como evitá-los, marcos e lugares em meio às árvores a serem evitados, plantas que poderiam ou não ser comidas ou utilizadas como remédio; qualquer referência, por mais descabida e improvável que fosse, foi resgatada dos fundos de sua memória de suburbano que circulava por toda cidade.

Assim, não se deu conta de que a charrete precisou de mais de uma hora para alcançar a Vila Nastaci, sua vila, por causa de montes de detritos e bloqueios que isolavam locais onde as criaturas surgiam da lama. Quando finalmente chegou, a chuva tornara-se uma garoa gelada. Ele pulou do veículo e mal entrou na rua de sua casa, percebeu o aglomerado em torno dela. Mulheres, homens, jovens e até crianças pequenas estavam diante da porta da frente. Cada pessoa segurava um amuleto na mão esquerda e uma vela protegida por um tampo de metal na direita e todos entoavam uma ladainha baixa e monótona, de palavras indistintas. Não havia amuleto igual ou semelhante a outro, e cada vela tinha cor e tamanho diferentes das demais. Um rapaz de dezesseis anos criado na periferia dessa cidade sabia o que a cena indicava. Possuído pelo desespero e pelo terror, arremeteu pela porta. Os vizinhos deram passagem, sem interromper a cantiga, e Alex encontrou seus primos sentados no sofá desbotado da sala, abraçados e soluçando baixo, os olhos manchados do vermelho de muito chorar. Uma vizinha idosa, a senhora Ana, acariciava a cabeça dos gêmeos.

— O que aconteceu?

A mulher, o rosto coberto de manchas e rugas, virou-se, olhou por um instante as sombras produzidas pela luz do castiçal dançando num ritmo morto pelas fendas profundas da pele, respondeu:

— Alex. Por fim veio, menino. Sua tia...

— O quê? Ela...

— Não, está viva. Como sempre, o riachinho atrás de sua casa virou uma enxurrada. Umas porcarias que vieram com a água viraram um varano enorme bem na mureta, e ele invadiu o quintal. Francine tentou espantar o bicho, mas a espingarda mascou. Meu filho e Rolando ouviram os gritos dos meninos e acudiram.

Acabaram com o bicho antes que ele acabasse com ela — a mulher relatou, com a voz desanimada de quem já se acostumou com todos os horrores possíveis no seu cotidiano.

— E onde ela está?— Alex perguntou, com as mãos abertas.

— Lá no quarto. Ivana e Rolando correram com ela até o centro de emergência. Fecharam os cortes, deram remédio para a dor e a mandaram de volta. Disseram que não tinha leito e que mandariam um dos médicos itinerantes. Ivana e Marin estão com ela, enquanto ele não chega.

E apontou com o indicador.

Ele subiu as escadas, trêmulo, ouvindo com terror sua própria respiração arfante, e entrou no quarto de Francine como uma aparição. Uma grande e velha tina de madeira estava ao lado da cama. Sua tia dentro, envolvida em um lençol branco, mergulhada na solução amarelada, meio opaca, que emitia um vapor de cheiro floral. Duas mulheres da idade dela estavam lado a lado, amparando-a, segurando as faixas de pano que cobriam os cortes, por sorte pouco profundos e suturados com fio negro, que as garras do varano deixaram: um corria do umbigo até a virilha, e o outro, no braço esquerdo, começava no ombro e deslizava, agudo como uma ofensa, até o antebraço. E ainda havia manchas escuras na cabeça da mulher, que gemia. As mulheres olharam-no com olhos tristes. A da esquerda saudou-o:

— Alex. Que bom que veio. O homem da casa. Agora tudo fica melhor.

— Como ela está, senhora Marin?

— Os cortes já estão melhores, quase não doem. O preparado de ervas acalmou a circulação. Estamos preocupadas é com a cabeça. A coitadinha foi jogada contra a parede pelo demônio e tem vários inchaços doídos. Achamos melhor não mexer, até o médico chegar.

"Os desgraçados que estavam no plantão passavam por mim como se eu fosse um fantasma, me evitando. Tive que agarrar um deles pela túnica. Disse que não podia vir comigo e que logo mandaria alguém." Encarou o rapaz e perguntou: "Ah, Alex, onde estava numa noite de nuvens de luto?"*

— Tratando de assuntos importantes.

— Sei o que é importante para um menino de sua idade. Devia ter ficado em casa, com os seus, para ajudá-los a se defenderem dos demônios da chuva.

E a senhora Ana dirigiu a Francine um olhar de reprimenda que ele sabia ser destinado a ele.

Como já se tornara fácil e natural para Alex, ele controlou as emoções sem deixar seu corpo mostrá-las. Não discutiria com aquela gente dominada pelo medo e pela fraqueza; ajoelhou-se ao lado da tina, apanhou delicadamente com cuidado a mão esquerda de Francine e chamou-a com voz suave.

Sua tia e mãe de fato abriu com dificuldade os olhos, e, em meio a sons interrompidos e fracos que eram apenas dor, respondeu:

— Alex. Finalmente em casa.

— Vai se curar, tia. Vou trazer um médico, se for preciso na mira de espingarda.

— Você fazia o quê no distrito central, numa noite ruim? Quer fazer coisas de seus sonhos de moço. Eu sei. Estava planejando loucuras com aqueles seus amigos, loucos como você. — Levantou como pôde a cabeça, encarou o rosto surpreso do rapaz e continuou, a voz mais cheia: — Não seja diferente, meu sobrinho. Viva como eu e nossos vizinhos, nossos amigos, sem se meter com coisas grandes e perigosas. Os magos não desafiam a origem da maldição. O que um bando de garotos pode fazer, além de arriscar-se por nada?

* *Nome dado pelas mulheres de Shimandur às nuvens, típicas de verão e fim de primavera, que cobrem todo o céu da cidade, de um horizonte a outro, negras ou quase, muito densas, prenunciando chuva violenta e muitas mortes. Daí o termo "de luto": segundo essa sabedoria coletiva, tal tipo de nuvem é da cor do luto.*

Perdido na surpresa e em pensamentos, não soube o que dizer. Não conseguia desviar o olhar do rosto ferido, a um só tempo suplicante e implacável da mulher. Não conseguia falar. E tinha muito a dizer. As palavras não faltavam, o que fugira dele era a coragem. Nesse momento trágico e miserável, percebeu algo que já tinha vida e movimento há algum tempo: seu momento de afirmação, de proclamar o que era e o que queria ser, chegara. Mas não poderia fazer o discurso que fervia em sua cabeça com a mulher que o criara desde os seis anos, ali coberta de rasgos e contusões. Alex sentiu uma onda de frio percorrer seu corpo e perdeu-se em divagações sombrias. Só voltou ao quarto por meio da voz grave e solene que veio da suas costas:

— Senhoras, garoto, por favor afastem-se. O médico chegou.

Virou-se e viu o médico, um homem alto e forte, saudável, de cabelo e barba loiros, vestindo a túnica branca com símbolos bordados nas mangas em fio verde, tradicional para os seus. Um pouco atrás, uma enfermeira jovem e esguia, carregando uma grande bolsa branca.

— Já era mais do que tempo — observou Marin.

— Certamente a senhora sabe o que se passa em um hospital de emergência numa noite de tempestade. Atendi pessoas em condições muito piores que esta mulher, antes de aqui estar — ele respondeu, sem se perturbar e já examinando os hematomas.

Alex e as mulheres não ficaram; a enfermeira pediu que saíssem, pois de nada serviria presenciarem os procedimentos. Ele dirigiu um último olhar a Francine, e teve um calafrio: o rosto indiferente e a frouxidão do corpo, coberto com a solução caseira, davam-lhe um ar de coisa inumana, como se fosse um dos próprios monstros criados pela água. A memória o fez ouvir mais uma vez o conselho que ela dera: "Não seja diferente." Saiu assustado e voltou à sala. Seus primos cochilavam, a velha lutava para manter-se acordada. Alex fez os garotos se recolherem e dispensou a mulher, após muitos agradecimentos.

Rijo, braços presos ao corpo e sozinho no meio da sala, ele mediu o ambiente frio, quase escuro — as velas estavam no fim — e silencioso. Um sentimento incômodo o fustigava, enquanto seus olhos registravam tudo, a saudade antecipada que um viajante sente ao olhar para seu lar, certo de que não o verá mais. As palavras de conformismo e medo de sua tia voltaram, e ele rejeitou-as com raiva. Não. Não havia mais espaço ou condição para fraquezas, para o egoísmo tranquilo de viver apenas para sua família e para os prazeres da juventude: Alex pertencia a Shimandur e a cidade pertencia a ele — e a todos que eram amaldiçoados pela condição de filhos da mais esplendorosa cidade do Valesh. Pois isso tinha de mudar! Viver em Shimandur não deveria ser maldição, e *ele* começaria a mudança.

Tomado da determinação mais dura e implacável, e repelindo a tristeza como se ela fosse o réptil que invadira sua casa, acendeu uma lamparina e desceu ao porão. Lá tirou de um canto sua mochila de couro, ali há tempos, colocou nela um canivete com princípios de ferrugem, uma pederneira gasta, e seguiu para a cozinha, onde escolheu um pote de frutas secas, um pedaço de queijo duro, e encheu um cantil com água. Teve um laivo juvenil, pura exaltação, de encher a bolsa de comida e todo tipo de instrumento cortante, mas lembrou-se da última parte do encontro, na qual Oliver listou todos os itens — material e provisões — que aguardavam em um depósito, do assombro que o tremendo detalhismo que o músico mostrara causou em todos, e desprezou o rompante rindo de si mesmo.

Depois foi à porta do quarto e avisou ao médico que dormiria na sala, caso precisassem dele. Esticou-se no sofá e percebeu que o apelo do sono já invadia corpo e mente.

Acordou com os ruídos da manhã e as vozes de seus primos. Pela primeira vez, não praguejou contra seu sono leve. O médico e a enfermeira tinham partido sem incomodá-lo. Ótimo terem feito isso, pois precisaria estar o mais descansado possível para o que viria. As vozes púberes dos garotos lembraram-lhe do que deveria fazer. Soube então por que antes de se deitar sentira aquela sensação de despedida: a rigidez e autoritarismo de Francine estavam intactos, e ele, por sua vez, não cederia. O resultado mais imediato dessa expedição louca estava vivo e palpável perante seus olhos e reflexões. Pois que viesse. Foi ao quarto, vestiu a roupa mais adequada de que dispunha para uma incursão em mata fechada, e desceu para a sala. Seus primos estavam sentados no sofá, encarando-se, e vieram de imediato até ele. Estacaram diante dele e esperaram, assustados com a tensão que brotava da expressão facial e do corpo de Alex.

— Como a nossa mãe 'tá?

— 'Tá dormindo bem. Ronca alto. O doutor deixou um bilhete, mandando dar um remédio que deixou na beira da cama. E que se piorasse, pra chamar ele — respondeu Rodolfo.

— Ótimo.

Alex ajoelhou-se, e por um instante fixou seu olhar nos dois meninos, seus irmãos. Tentou não pensar em quanto tempo poderia ficar distante deles, e sentindo suas emoções o sufocarem, anunciou:

— Ricardo, Rodolfo. Uma coisa vai acontecer. Faz algum tempo, foi dito ao primo que essa coisa aconteceria e que eu teria de participar dela e ir pra longe, senão tudo pra nós e para a cidade ia ficar pior.

— O que é? Parece sê coisa ruim.

— É uma coisa perigosa, que pode virar coisa ruim. Eu não posso dizer o que é, não é tempo de vocês saberem, pois ainda são muito...

— Já somos grandes! — protestou Rodolfo. — Ficamos perto da mãe e cuidamos dela, sabemos andar sozinhos por aí e fazer comida! Até você acha que somos pirralhos.

— Eu vou ter que ir pra longe de casa um tempo. Um dia ou dois apenas, talvez eu volte no Primeiro Dia da semana. Vocês devem olhar a mãe, já podem fazer isso.

E os dois gêmeos perderam toda a pouca virilidade que possuíam. Seus queixos desabaram e ficaram encarando Alex. Por fim, Ricardo disse algo:

— Você vai sair por aí, com a mãe desse jeito? Vamos ficar só nós dois pra cuidar dela e da casa?

Alex voltou a ficar ereto e falou, numa voz firme e seca:

— Rodolfo disse certo. Vocês estão grandes. Podem e vão cuidar de vocês mesmos e fazer o que o médico mandar.

— A mãe vai ficar furiosa feito monstro da chuva quando souber que você foi pra longe com ela desse jeito. Ela não vai te perdoar nunca!

— E se mentirmos pra ela? — Rodolfo sugeriu. — Dizemos que Alex foi buscar isso, trazer aquilo, que está ajudando a senhora Ana como agradecimento, até ele voltar.

— Não. Quando ela perguntar por mim, digam a verdade. Só não direi eu mesmo, agora, porque ela precisa de descanso.

"Melhor ir logo, sem despedidas úmidas", pensou. Mas mal moveu as mãos para abraçá-los, uma ideia pousou com tremendo estrondo em sua consciência. Cerrou as mãos e disparou para seu quarto. Lá, abriu um tanto a janela, para ter uma fresta de luz, e puxou uma tábua debaixo de sua cama. Meteu um braço no buraco que surgiu, logo encontrou o que procurava e trouxe a coisa para fora: um saquinho de couro descorado, amarrado com uma tira do mesmo material, num nó muito complicado. Desfez o nó em poucos segundos e jogou o conteúdo no chão, ouvindo com prazer o tilintar. Eram quatro moedas grandes de prata, o equivalente a duzentos sertos ou ouros, a moeda de Shimandur. Esse valor nas mãos de um morador jovem da periferia seria considerado, por um shimanduriano médio ou rico, produto de crime e nada mais, porém a marca dessa quantia era muito distinta: paixão de adolescente. Alex a economizara com afinco por meses, para dar uma joia de presente a uma garota que cortejava, uma colega de trabalho com quem almoçava e às vezes passeava pelas praças. Desistiu após flagrar a moça numa cena desagradável e vulgar, e o dinheiro ficou meses ali escondido, incomodando sua consciência, até esse dia, em que finalmente teria um uso tão digno quanto a intenção que o juntara.

Devolveu as moedas ao saco, guardou-o no bolso do casaco, e voltou ao quintal. Sem se deter, apenas disse aos espantados primos:

— Fiquem aí, não demoro.

Superou a distância de menos de quinze metros, entre sua casa e a da senhora Ana, em um caminhar juvenil e alegre, quase saltitante. Sentia a potência e o júbilo de usar uma astúcia que não era filha da experiência, mas que vinha com naturalidade de seu ser puro e desatrelado. Essa era a magia que o homem possuía para ser grande e brilhar, não a exploração sobrenatural dos magos. A carranca seca da senhora Ana, que apareceu assim que ele parou à porta, não espantou sua aprovação de si mesmo, até a reforçou. A velha pôs a vassoura de lado e disse:

— Bom dia, Alex. Como Francine 'stá?

— Está dormindo à solta. Quero te pedir algo. — Mostrou o saco de couro. — Cuide de minha casa, até o Primeiro Dia. Vigie Rico e Rô, dê os remédios a ela, feche a casa quando escurecer.

As mãos da mulher foram à cintura, e ela perguntou em voz alta:

— Pode essa velha xereta saber onde você estará enquanto ela faz tudo isso?

— Tentar descobrir coisas importantes. Realmente. Não vou a nenhuma farra ou festa de jovens. Neste saco tem duzentos sertos, com certeza pagamento suficiente para o serviço. — E jogou-o na direção da mulher, que apanhou o dinheiro sem hesitar.

Ela estudou Alex por alguns instantes.

— Garoto terrível — disse. — Sua tia não te perdoará por isso.

— Que assim seja, se não houver jeito.

Voltou para junto de seus primos, explicou o acerto com a velha e envolveu-os num abraço forte e breve. Em seguida, foi à sala, apanhou a mochila, ajeitou-a nas costas, e, saindo do modo mais natural possível, partiu.

O som do córrego que fluía junto à entrada da vila chegou a seus ouvidos com uma intensidade perturbadora. Alex foi paralisado por um arrepio e virou-se na direção da mureta tosca que os moradores tinham erguido para isolar o pequeno curso d'água, muito mais por conforto psicológico, do que por razões práticas. Parecia-lhe que o riozinho queria transmitir uma mensagem e que essa mensagem era profunda, incompreensível e sem autor. O desejo de pendurar-se na borda da mureta e espiar o córrego foi suprimido pela aversão que sempre sentira pela água cor de chumbo que ali corria, na qual muitas pessoas e crianças tinham se afogado e da qual muitas anormalidades já tinham surgido.

Alex encheu os pulmões, e virou-se para dirigir um último olhar à sua casa e aos primos, lá imóveis, e seguiu para os recessos de Shimandur.

V.
A Floresta dos Pesadelos Encarnados

O encontro tinha sido marcado na Praça I dos Heróis, a mais antiga, a primeira praça em Shimandur a receber esse nome. Oliver pedira que se encontrassem lá e eles concordaram sem protestos. Enquanto abraçava Nara no interior almofadado da carruagem, na volta para suas casas, Marcus despejou uma série de censuras ao músico, afirmando com plena certeza que a escolha do velho fanfarrão não passava de uma fantasia boba uma presunção tola: eles seriam os heróis que criariam os novos tempos, portanto deveriam começar a grandiosa viagem a partir do primeiro santuário feito em homenagem aos heróis da guerra de libertação, para receberem suas energia e inspiração. A conversa besta típica de artistas. Nara nada disse. Estava muito perplexa. Não conseguia se lembrar de quando um homem a enfrentara sem entregar-se já no começo, se existira tal homem.

Alex chegou à Praça I sem nenhuma demora, como esperava, pois o dia estava claro, a luz do sol dura e quente. Um aparente bom tempo, mas nuvens já se empilhavam pelos cantos do céu, cercando o horizonte, acumulando seu cinza e seu peso ao redor dos morros, colinas e elevações que cercavam Shimandur. Era um sinal preocupante, sempre: nuvens pesadas que alcançavam um lugar encravado num planalto a mais de cem quilômetros do mar certamente trariam a chuva e seus monstros. Mas a chuva era bem-vinda e necessária para o que fariam. Desnudar a Torre Máxima, derrubar suas colunas disformes e escavar sua lama arcana e repugnante, fazê-la gritar seu segredo mais importante e sombrio para todos os homens e mulheres da cidade que ela castigava saberem que fora vencida — era o resumo mais modesto do que pretendiam. Que viesse uma tempestade, das que limpam e clareiam, pois seria saudada.

A secular Praça I dos Heróis tinha a forma mais simples e elegante possível: um círculo em cujo centro erguia-se o monumento que lhe dava nome; à volta dele, jardins circulares transbordando de vegetação: árvores, arbustos e muitas flores — margaridas, jasmins, azaleias explodindo de cor, grama que parecia brilhar, trepadeiras cobrindo tudo que podiam, árvores formando uma corte ao redor do monumento, suas copas de um verde cerrado como uma cúpula a protegê-lo. E no meio de tudo isso, alamedas impregnadas de calma, pequenas clareiras artificiais e bancos. Sentados em um desses, de madeira de carvalho quase negra, Oliver e Juara já esperavam, ao lado da estátua-monumento em homenagem aos heróis shimandurianos. Oliver vestia o mesmo tipo de roupa das outras ocasiões, apenas mais rústica no tecido, e calçava uma bota grossa, gasta e pesada, com pregos na sola. O índio vestia seu usual: uma roupa despojada e sem cores, feita para enfrentar dificuldades de todos os tipos, muito própria para o que viria. Duas mochilas negras e gordas, feitas de lona pesada, estavam ao lado, no chão de blocos de pedra escura. Uma de tamanho semelhante à de Alex, e outra enorme.

Ele pôs sua mochila junto às outras, sentou-se e saudou-os com um aperto de mão e um tapa encorajador no ombro. Olhando para o vazio, disse:

— Minha tia foi atacada por um varano ontem, enquanto eu estava parado no trânsito e na confusão, tentando voltar para casa.

— Grande Pai proteja ela! — Juara exclamou. — Tia Francine foi muito ferida? — E em seguida, o índio pronunciou algumas palavras em sua língua natal, inaudíveis de tão baixas.

— Ganhou cortes no corpo e galos escuros na cabeça. Está viva, mas fraca. Ficará muitos dias descansando.

Oliver apenas encarou o rapaz por alguns momentos, antes de inquirir, com uma seriedade até então secreta:

— O que tenciona? Continuar ou esperar que ela se restabeleça?

Alex apontou para sua mochila.

— O que acha? Claro que irei.

— Isso afetou sua coragem, sua determinação?

— Fez o contrário — Alex disse. — Aumentou minha raiva e vontade. Este inferno tem que parar. E o que faria eu lá, se ela apenas dorme e os vizinhos e meus primos estão por perto? Quantas pessoas já sofreram muito mais do que minha tia, morreram por conta dessa coisa maldita? Farei muito mais por ela e por Shimandur, se entrarmos na mata e acharmos a Torre. Bem, ela certamente me expulsará da casa assim que andar de novo, mas há coisa grande ou importante no mundo que é conseguida sem perder outra?

— Apenas os grandes conhecem essa verdade ainda no começo dos Dias.

E foi a vez do músico aplicar um tapa encorajador no ombro de Alex. Depois apontou para a alameda que ia para oeste: Nara e Marcus chegavam por uma via lateral. A maga parou a um par de metros do banco e fez uma mesura, com as mãos nos quadris curvos. Juara mal escondeu o deslumbre; Oliver sorriu um sorriso de satisfação, e Alex devolveu o cumprimento, admirado com a aparência dela. Não foi a beleza ou o bom gosto e acabamento dos trajes que o impressionou, foi a meticulosidade, a adequação: as botas cruas, de couro fino, justas e sem salto, solado com muitos sulcos, de um marrom que parecia oscilar entre vários tons ao ser banhado pela luz; um funcional macacão negro, feito de algodão grosseiro, ia dos tornozelos aos braços. Uma bainha de couro fina portava a espada curta, de uma mão, que era sua única arma material — magos podiam circular à vontade com a arma de corte que bem entendessem; poucos e insensatos eram os que contestavam esse privilégio. O cabelo estava preso por duas fivelas de metal, no alto da cabeça, terminando numa onda graciosa. Ela não usava capa: os símbolos mágicos, sinais de poder e símbolos dos deuses doadores espalhavam-se pelo tecido do macacão, feitos em tinta vermelha.* Marcus vestia calça e camisa rústicas e sapatos pesados para caminhar em terrenos difíceis. Cada um tinha um saco às costas. O de Marcus era maior e mais pesado.

— E aqui se reúne o grupo que quer vencer um poder tão antigo que sequer possui nome — debochou a maga. — Os desafiadores que enfrentarão a Torre Máxima com facas e cordas.

— Também teremos uma das promessas de nova grandeza para a Ordem dos Magos entre nós. Estando ao lado dela, nada há a temer — comentou Alex, sorrindo.

Marcus estremeceu. Como esse vigarista sabia que Nara fora considerada pelo conselho dos decanos da Ordem como um dos melhores novatos de sua gera-

---

* *Segundo as normas da Ordem dos Magos, seus membros deviam envergar roupas com sinais mágicos por todos os instantes de sua vida social. Não havia imposição quanto ao tipo de roupa, embora as normas recomendassem capas, mantos — trajes fartos e esvoaçantes em geral. Mas os sinais eram severamente controlados: havia uma infinidade de regras quanto à quantidade de sinais, combinações entre eles, disposição, tamanho e cor, que sinais deviam ser usados em cada nível de aprendizado e prática. Cada mago tinha seu modo predileto de acessar e usar o manah, em consonância com sua personalidade e circunstâncias de seu primeiro contato com a fonte da magia. Vermelho — a cor dos sinais estampados nas roupas de Nara — indicava preferência por estados de êxtase amoroso-sexual, como meio para alcançar a misteriosa essência criadora.*

ção, e que vaticinaram que ela traria novas glórias à Ordem? Era uma astúcia suja, acariciar a vaidade dela.

Oliver levantou-se, apertou a mão de Marcus, beijou a da maga, e começou:

— Não percamos tempo, pois o sol não interrompe seu percurso para rir de nossa ousadia, e as palavras de ordem ontem já foram ditas. Vamos!

Ajeitou sua grande e flácida mochila nas costas e saiu em marcha, rumo ao estacionamento de coches, um terreno com chão de areia batida espremido entre casarões antigos, cuja grandiosidade era carcomida pelo descuido, e prédios novos de linhas vazias e secas. Alex e Juara foram logo atrás, Nara os imitou e Marcus largou um suspiro antes de segui-los.

Oliver esgueirou-se entre a confusão de veículos estacionados sem ordem, e alcançou um coche de cinco lugares, puxado por dois cavalos fortes de pelagem castanha. Claramente já tinha feito as tratativas com o condutor, tão poucas foram as palavras trocadas. Deu o dinheiro, e enquanto abria a porta, fez sinal para que entrassem. Nara pisou com força à frente dele, fazendo um pequeno rangido, e perguntou:

— Onde estão as armas?

— Esperando em um depósito nas proximidades da floresta, escondidas.

Ela sorriu como sinal de aprovação, e pulou para dentro. Espalharam-se pelos assentos e os estalos do chicote puseram os cavalos em marcha. Um silêncio inesperado caiu sobre todos, que apenas encaravam-se. Marcus via o desfile de construções, ruas e canais de escoamento com amargura. Tentou segurar a mão da prima, que repeliu o gesto, enquanto dirigia sorrisos para Oliver e Alex. Juara observava a cena como uma criança faria. Todos perceberam algo estranho ao redor de Nara — ela parecia suportar um grande peso sobre a cabeça, e os olhos vidravam por um segundo ou menos, a intervalos regulares. Uma neblina mística a envolvia e eles o sentiam.

O percurso foi tranquilo, vazio. Conforme o coche avançava para o norte, topografia e paisagem mudavam. Os casarões e prédios baixos carregados de velha dignidade e história da Fortaleza dos Fundadores foram dando lugar a casas erguidas segundo as possibilidades e circunstâncias — acanhadas e ingratas. O terreno era mais íngreme, com muitas elevações abruptas, desníveis; as habitações teimosas, espetadas no alto de morros perigosos. O marco da transição era a principal entidade, a maior força física natural da cidade, e que a marcava profundamente em inúmeros planos: o rio que atravessava Shimandur por inteiro, de leste a oeste, e cujos afluentes rasgavam-na por todos os lados. Conhecido como o Rio ou Anamgás — nome dado pelos primeiros e extintos habitantes da região —, era largo, escuro e fundo, sinuoso, todas essas características impregnadas de uma majestade e um ar sombrio que subia de suas águas e pareciam dominar todos os demais elementos. Por mais de um século, fora utilizado pelos fundadores e seus primeiros descendentes como via de acesso ao imenso e multifacetado interior do Valesh, repleto de mistérios terríveis e segredos fabulosos. Até que todo tipo de entidade começou a sair de suas águas e assolar a cidade, eventos sem explicação se davam ao seu redor, e o Rio tornou-se fonte de apreensão, temor e todas as emoções negras que o homem pode experimentar. Passou a ser evitado, e ao tempo de Alex e seus amigos, já há décadas os shimandurianos nada tiravam dele, apenas despejavam dejetos e lixo.

Alex e Oliver espiaram o lento fluir das águas com atenção e assombro, enquanto a Ponte do Norte rangia ao avanço do coche sobre sua envelhecida estrutura de madeira. Juara os imitou, mas encarando o sinistro rio apenas por um instante, e depois encolhendo-se no assento; Nara continuou rígida e de olhar fixo no norte, indiferente, e Marcus preocupava-se apenas com ela.

*

Um pensamento novo surgiu no espírito de Alex, ao observar o fluir do rio e em seguida voltar o olhar para o sul e pensar mais uma vez em seus parentes: a maldição não envolvia apenas a chuva, toda a água que corria em Shimandur fazia parte dela. Uma torrente de lembranças e imagens veio a sua cabeça, uma sucessão tediosa de enchentes e desastres que saíam do Rio para cobrir a cidade quando bem quisesse. Ficou desconcertado e espiou mais uma vez em busca do rio. Tudo que viu foi a ponte, distante, parecendo-lhe um brinquedo velho e esquecido.

O conhecimento que tinham não era completo, havia muito mais a descobrir, conhecer e dominar. Alex sentiu sua confiança em Oliver, em Nara, em Marcus, no grupo, e a confiança em si mesmo, perder substância. Encarou a todos apreensivo e desolado, mas sua fúria interior pôs de lado tantas reflexões, com um suspiro longo e abafado. Bastava de tantos pensamentos! Fariam o que tinham de fazer, do modo que pudessem.

Os bairros do norte eram amontoados de morros e colinas cobertos de presença humana desordenada e árvores entregues a si mesmas. Assim era a região norte de Shimandur, onde o solo se contorcia, como se sentisse a presença do pedaço mais temido e maldito da cidade maldita: a Floresta, a Área Florestal, a Escuridão Verde, A Floresta dos Pesadelos Encarnados — de onde, dizia-se desde o fim da guerra, partia o poder mágico que fazia da chuva tormento sem-fim.

Após quase uma hora de caminhos tortuosos, o coche encontrou o fim da Trilha do Gafanhoto, a menos de dois quilômetros da muralha que isolava Shimandur da floresta. Ainda estavam em plena cidade, porém duzentos metros à frente as casas e edifícios passavam a definhar, para desaparecer de vez. Depois, uma faixa de solo coberto de grama e arbustos e logo após uma alta muralha de pedras, a massa densa e escura de vegetação cobria tudo, acompanhando os espasmos da terra, espalhando-se em todas as direções. Mesmo ali, ainda em meio ao ar urbano, a imponência sinistra da floresta transmitia sua força. Morros e vales de mistério, desconhecido e medo.

A trilha terminava em um largo abandonado ao mato, à sujeira e aos animais. Cercando-o, casas toscas, prédios e cabanas inacabados e árvores de copa compacta. O ar recendia à presença de tanta vegetação, era puro e perfumado. Dizia-se que era uma armadilha mágica para atrair os tolos e apaixonados aos lugares em que reinava o cheiro de podridão, o verdadeiro odor da floresta.

Mal saíram do carro, Oliver disse ao condutor para sumir. O homem entendeu o tom da ordem e partiu, já esquecendo os rostos de seus passageiros calados. Juara, Marcus e Nara ficaram a girar a cabeça para todos os lados, parando em Oliver, ansiosos para que ele lhes explicasse o próximo passo. Alex, ao lado dele, esperava, pois o líder simplesmente contemplava a floresta. Marcus sentiu-se incomodado com os rostos que os espiavam de janelas e cantos distantes, e perguntou:

— E agora, Oliver? Ficamos aqui, esperando os vigilantes da fronteira nos prenderem?

— Agora, Lanus — Oliver disse, e apontou para um sujeito que caminhava na direção deles, saído de um dos esqueletos de edifício.

Uma verdadeira excentricidade aproximava-se deles, seus braços balançando no ar enquanto ele andava. Baixo e gorducho, vestia roupas tão antigas e extravagantes, que todos o julgaram estrangeiro ou meio maluco. A camisa de seda larga e macia era estampada com quadrados verdes e vermelhos intensos; as calças amassadas de cetim azul refletiam com intensidade o sol, uma fita de seda branca servia de cinto; os sapatos eram feitos de couro e coberto de linhas profundas, com bicos de aço polido; na cabeça, um chapéu negro e largo, posto em diagonal num ângulo de pura ousadia. Os cabelos eram uma massa de grossos cachos negros, marcados por fios brancos. O rosto redondo era jovial, embora os sulcos ao redor dos olhos fossem muitos. O azul desses olhos combinava com o sorriso que não lhe deixava os lábios.

— Salve, mestre das melodias, íntimo dos segredos das esferas — disse o homem, com uma voz estridente, ao abraçar Oliver com alegria.

— E vivas a você, Lanus Uisstulss, que conhece as alcovas mais sonhadas do Valesh e outras nem tanto.

Os quatro jovens sorriram entre si, ao ouvirem tais delírios. Oliver não deu atenção à descrença deles, e foi apresentando aquele larápio saído de um tempo passado:

— Este, jovens, é Lanus, amigo, companheiro, parceiro e meu irmão de espírito. Um experiente malandro e patife que nos ajudará a penetrar na floresta sem sermos vistos pelos vigias que já assumem seus postos.

O irmão-patife aproximou-se, aos bamboleios, e cumprimentou a todos com exagero nos gestos e na intensidade. Diante de Nara curvou-se, puxou e beijou sua mão numa delicadeza cômica de tão exagerada.

— Sem trocadilhos, encantado, senhorita.

— Um prazer conhecer um vivente que tem ares de vivenciante. Você é um dos frequentadores dos temidos Casarões Negros, não? Está claro como este dia.

— Até mesmo um pobre biscateiro como eu às vezes precisa estar com os seus e relaxar, enquanto trocam impressões.

Mantinha o corpo curvado, em sinal de reverência.

— Vai nos acompanhar floresta adentro?

— Não, senhorita. As trilhas da escuridão verde não são para mim. Sou um pervertido, um íntimo da civilização e seus excessos, das afetações da idade do mundo. Os lugares onde só há o selvagem e o não-humano me arrepiam e me desagradam. São para jovens destemidos, não velhos como eu. Apenas mostrarei como atravessar a muralha sem serem vistos, e entrar na floresta. Aliás, os deuses, sejam quais forem os verdadeiros, não interrompem a marcha do tempo para atender aos propósitos dos mortais. Vamos.

Voltou-se para o prédio incompleto de onde saíra, fazendo sinal para que o seguissem. Alex, Oliver e Juara apanharam suas mochilas e seguiram os passos de Lanus. Marcus encarou sua amada, que, sem nada dizer, também acompanhou aquela figura. E Marcus a seguiu.

O sujeito entrou em uma carcaça de edifício. Não havia acabamento, janelas ou portas, apenas paredes de argamassa e tijolos, sendo tomadas por plantas e ocupadas por animais. Somente uma espécie de cômodo ou depósito, ao fundo, possuía teto. Andou até lá, apanhou um lampião a álcool posto na entrada, e foi até a extrema esquerda do aposento. O chão era feito de blocos de quartzo, e nesse canto pedras grandes estavam espalhadas. O homem deixou o lampião de lado e apontou para uma pedra chata e negra, em forma de um quadrado tosco, de um metro de lado. Enfiou os dedos entre a pedra e o chão, e em seguida Oliver e os garotos fizeram o mesmo. Bem mais pesada do que parecia, exigiu demorado esforço para ser movida e revelar o que escondia, um alçapão de ferro totalmente enferrujado, com uma argola no centro. O músico puxou-a e o rangido foi como o urro de uma besta enfurecida a ameaçar o intruso que tirou-a do sono. Uma violenta lufada de ar veio do buraco, carregada do cheiro de terra viciada e morta. Oliver apanhou o lampião e iluminou a abertura. As paredes eram feitas da mesma pedra escura do chão, ligadas por uma massa avermelhada parecida com barro. Uma escada, cujos degraus eram blocos cinzentos inteiriços, descia três metros, terminando em um túnel.

— Os apetrechos que pediu estão do outro lado, num saco preto. Fecho o túnel e espero aqui por quarenta minutos, tempo suficiente para irem e voltarem, caso haja algo ou alguém lá na saída. Se não escutar pancadas no tampo, recoloco a pedra e volto ao meu lar, os antros em que reside a autêntica Shimandur.

— Vai fechar tampa? Como voltamos? — espantou-se Juara.

— Não voltaremos por aqui. Se conseguirmos nosso intento, as coisas mudarão tanto que essa mata será outra coisa — respondeu o músico. — Andemos!

De um pulo, abraçou afetuosamente Lanus, prendeu o lampião na alça da mochila e enfiou-se pelo túnel, largo o bastante para seu tamanho e o peso às costas.

Um a um, entraram no túnel, após o que o pobre trambiqueiro disse qualquer coisa, acenou, e o alçapão desabou, deixando-os entregues à luz da chama de óleo, que mostrava uma passagem coberta de alto a baixo por mais pedras escuras e lisas, de uns dois metros de altura por dois de largura. A forma meio redonda de Oliver começou a andar, com Alex ao seu lado. Admirada com o túnel, Nara perguntou:

— Quem construiu isto, e para quê?

— Contrabandistas de madeira, que enriqueceram vendendo pedaços da floresta aos ricos do Krulesh, para escoarem as toras em segurança e sigilo — Oliver respondeu.

— Sem dúvida, ganhavam altas quantias, para ousarem extrair madeira da Floresta dos Pesadelos — comentou Marcus, lacônico.

— O brilho do dinheiro é tremendo fortificante para a coragem — sentenciou o músico.

Nada mais foi dito, e eles prosseguiram em silêncio. Logo seus lábios estavam secos e a respiração buscava tudo o que podia do ar ruim e seco. Mas a provação foi curta. Em quinze minutos deram com outra escada, igual à anterior. Terminava em um alçapão escancarado. Viram-se num casebre feito de toras muito desgastadas, teto caído, infestado de ervas daninhas e musgo nos cantos, todo tipo de pequenas criaturas a rastejar, madeira apodrecida e mato. As janelas e os muitos rombos nas paredes mostravam árvores altas e robustas cercando a cabana. Ao lado da saída estava um grande pacote de lona muito suja, amarrado nas pontas. Alex espiou por uma das janelas e disse:

— Já estamos na floresta.

— Sim — Oliver disse. — Tomem cuidado, evitem ficar muito perto da abertura que dá para o sul. A muralha está a apenas cem metros daqui e os guardas da tarde já estão circulando. Se nos virem, seremos levados à prisão mais próxima, para ficarmos protegidos das aberrações da mata.

Ele atirou sua mochila ao chão, apanhou um canivete de uma bolsa lateral, cortou as cordas e abriu o saco, espalhando seu conteúdo com cuidado. Havia quatro espingardas lustrosas com correias de linho cru, quatro facões cujas lâminas enormes emitiam brilho ameaçador, um saco menor repleto de cartuchos de espingarda, vinte bolas de ferro, menores que um punho, com pavio de estopa, e quatro cintos de couro, com compartimentos para o facão, as bombas e os cartuchos.

Marcus e Juara olharam para o arsenal, pasmos, e o primeiro perguntou:

— Oliver, de onde vieram essas armas?

— Já disse, consegui com amigos. Tome. — Jogou uma das espingardas para o garoto, que apanhou e ficou estudando a coisa. — Como todos frequentam escola, já tiveram uma arma de fogo nas mãos e sabem como funciona.*

---

* *Todo rapaz residente em Shimandur que frequentava escola pública e vivia em local castigado pelos efeitos da chuva recebia, entre treze e quinze anos, aulas práticas de tiro com espingardas e carabinas, para enfrentar os monstros da chuva. Essa determinação, instituída após as terríveis e lendárias chuvas do verão de 1457, que causaram mais de mil mortos*

Oliver apanhou uma e apontou para fora.

— Mirar, concentrar-se e puxar o gatilho até o fim. Apoiem com força, para que o coice não desloque o ombro.

Cada homem apanhou sua espingarda e ficou a mirar para um ponto qualquer, a testar o gatilho, familiarizando-se com a arma. Em seguida, todos prenderam um cinto no corpo e acomodaram o restante do arsenal. Nara acompanhou a cena alisando a bainha de sua espada com suavidade e displicência.

Saíram a passos medidos pelo que seria a porta dos fundos, e deram numa trilha estreita e já invadida por galhos e plantas rasteiras, que seguia para o norte. Oliver adiantou-se alguns passos, parou e tirou algo de um dos vários bolsos laterais da mochila: um pergaminho amarelado e corroído, uma bússola com detalhes de prata no mostrador. Abriu o pergaminho e, usando dois seixos, deixou-o esticado no solo. Era um mapa feito a mão, representando a Floresta dos Pesadelos e arredores em traços muitos estilizados. Em meio às arvores rabiscadas espalhavam-se imagens minúsculas de emas ranauras, lagartos e deformidades que cercavam um ponto vermelho no sul, ao lado da muralha. O brilho de tinta recente contrastava com o marrom decrépito quase negro das poucas legendas, escritas na língua que dera origem ao valeshio do sul. Um pequeno retângulo pintado de amarelo, situado onde seria o centro da floresta, destacava-se em meio aos arabescos. Oliver deixou que admirassem a peça por alguns minutos. Em seguida apanhou a bússola, colocou-a em cima do ponto vermelho, e girou o mapa até seu norte ficar paralelo à agulha da bússola. Os outros observavam, imóveis.

— Conheço isso — comentou Nara. — Esse mapa é miniatura de um painel que está pregado no salão primeiro da Ordem dos Magos.

nos subúrbios da cidade, foi alvo de violentas discussões. Para evitar que esse "incentivo à violência" redundasse numa guerra civil, como muitos temiam, também foi posta em vigor uma complicada trama de artigos e restrições legais que tornavam, na prática, impossível a shimandurianos pobres a posse de armas pesadas.

— Aquele é cópia deste, o único mapa preciso da Floresta existente e conhecido.

— Impossível!

— Uma placa de bronze embaixo do painel afirma que é reprodução de um mapa feito por nosso primeiro decano, que foi roubado e está perdido há quase cem anos. — Não mais perdido, como vê. — Uma pausa curta, e Oliver continuou: — Conta-se que este terreno descampado e plano, chamado pelos fundadores de "Campo para se Ver o Mar", é o lugar em que a Torre aparece e manifesta seu poder.

Seu indicador estava parado sobre o retângulo amarelo.

— Andante fala como se Torre fosse coisa viva — comentou Juara, impressionado.

— O bem pouco que vi não me deixa pensar de outro modo.

— E qual pouco é esse? Não é hora de contar sua história? Estamos na floresta, a expedição já começou. Diga o que viu, o que iremos enfrentar.

A ordem soou fraca, patética, vinda da face insegura de Marcus.

O músico respondeu calmamente, enquanto guardava o pergaminho:

— Já passa das duas e até o centro da floresta não são menos de duas, três horas de caminhada. Temos que alcançar o Campo antes que a chuva fique torrencial, pois o auge da violência da água provoca o auge de ferocidade de suas crias. Portanto, nada de sentarmos para conversar. Direi o que quiserem saber enquanto andamos.

Com um pedaço de cordão, atou a bússola ao pulso após consultar sua agulha, e penetrou na mata. Alex foi logo atrás, seguido por Juara e Nara, que deu um puxão na camisa de Marcus para ele se mover.

*

O silêncio só era quebrado pelo som de folhas pisadas. Não se viam animais, exceto pequenas borboletas brancas e mosquitos; apenas os galhos, que iam se afastando ao passarem, moviam-se. Por mais de meia hora, os amigos marcharam sem trocar qualquer som. Os ouvidos repousavam, enquanto olhos e narizes queimavam com tantos estímulos. A floresta era densa: árvores altas e fortes, a maioria com vinte metros ou mais, dominavam, mas a distância entre elas e a forma de suas copas permitiam que a luz solar caísse em faixas luminosas sobre o solo, alimentando a mais variada vegetação, que vicejava saudando a primavera. Arbustos, moitas e plantas menores de todos os tipos cobriam a terra avermelhada como um tapete: trevos, violetas com e sem flores, grama, avencas, samambaias de diversos tamanhos, sem conta. A atenção tensa que mantinham relaxou e dissolveu-se em plácida admiração, pois essa natureza pura também era deles. Sentiam-se mais e mais parte desse mundo que não fora feito pelo homem, e do qual ele viera.

Alex, um rapaz de menos de vinte anos que considerava e investigava sem descanso, logo teve seus pensamentos: "Magia miserável, magia maldita!" O ar impregnado do cheiro de plantas e terra fresca, os labirintos caóticos de troncos e folhas, a dança da luz solar entre as folhas e flores deveriam ser parte amada do mundo, não alvo de um medo que despertava os atavismos mais sombrios e de raiva impotente. Mas esses pensamentos não persistiram no espírito do garoto. A beleza e a imponência da Floresta eram tantas, que preenchiam os sentidos e a consciência, expulsavam a razão para que o abandono primordial à natureza ocupasse todo o seu ser. Os odores do musgo úmido, da alfazema, da hortelã, o dourado intenso da prímula, o branco das pequenas flores, as cores agradáveis e calmantes, a beleza da vida vegetal em pleno vigor, compunham um mundo completo no qual ele mergulhava. Tudo que ele era e desejava, sua história, seus tormentos e medos, sonhos e objetivos, tudo isso desaparecia da mente e da memória, substituído pelas sensações.

Quem era ele? O que importava ser Alex, no meio de tanta beleza? Poderia deitar-se ali mesmo, no tapete de relva e musgo, e descansar para sempre de toda a revolta, descansar de ser Alex, deixar a vida como humano para trás e retornar com enorme alegria à condição animal. Alex, ele ainda era Alex, o jovem cheio de raiva e objetivos. Atordoado, balançou a cabeça, segurou-a nas mãos, e olhou os demais. Oliver cantarolava uma música quase inaudível, uma sequência de improvisos longos e delirantes que giravam ao redor de uma melodia complexa, e seus dedos brincavam como se tocassem um instrumento exótico, fazendo torções impossíveis a dedos humanos, causando horror no rapaz; Juara jogara o cigarro de palha e mastigava com avidez um enorme naco de fumo de corda, a saliva lhe escorrendo pelos lábios, caminhava arqueado como um animal, a cabeça girando, e os olhos brilhavam como ele nunca vira, abertos e vivos — o índio parecia, a um só tempo, reencontrar um amigo antigo e estar tomado por um animal; Nara e Marcus olhavam-se como dois bichos durante o acasalamento, estavam muito juntos, a respiração pesada de desejo, os ombros se tocando e suas mãos num enlace de nós de dedos brancos. Todos estavam diferentes, fazendo coisas estranhas, insensatas. O que era isso? Não eram coisas que os homens faziam por si sós, não eram parte de sua natureza... O manah feroz e ilimitado da floresta os penetrava! Havia magia agindo, mexendo em suas mentes, libertando coisas estranhas. Nara não percebera? Em pânico, ele disparou um olhar desesperado para ela, uma tentativa de tirá-la do transe erótico — olhar que ela recebeu com aparente calma e respondeu enviando outro, tranquilizador.

*

A maga compreendeu a mensagem silenciosa de imediato e suas entranhas se torceram de medo, pois sua consciência havia desmoronado ao primeiro assalto das cores e cheiros, deixando-se levar pelo amaciamento do poder místico da floresta, confiando de modo arrogante e desleixado na sua condição de maga, condição que precisou do chamado de seu amigo vivente para sair do torpor. Um arrepio de terror percorreu-a, tinha de fazer algo antes que pelos grossos e folhas começassem a rebentar pela pele de todos! Largou Marcus, correu uns dez metros à frente, parando ao encontrar uma aglomeração de musgo ao lado da trilha. Sentou-se na massa vegetal e fechou os olhos. Por um minuto, respirou lenta e ruidosamente. Em seguida, enfiou a mão direita no musgo, traçou um círculo ao seu redor, e, com olhar vítreo, ordenou a todos eles:

— Entrem no círculo, *agora*.

Meio zonzos, eles obedeceram à voz cheia de urgência com dificuldade. Tudo — pensamentos, visão, movimentos — estava imerso numa viscosidade imaterial. Apertaram-se no minúsculo espaço, Nara ao centro. Ela fez uma porção de gestos complicados com as mãos, enquanto os braços serpenteavam pelo ar. Subitamente, sentiram um leve choque, e tudo voltou a ficar límpido.

— Jovem maga, o que se passou? Quem lançou esse feitiço?

Ela levantou-se num salto, deu tapas na roupa para desprender os detritos, e respondeu:

— Não era feitiço e ninguém o mandou, Oliver. Veja, o manah é a origem da natureza, ele a criou e a mantém. Em lugares como a Floresta ele fervilha, está por todos os cantos, brotando. O espírito do homem o capta, mas não está preparado para ele, e como o manah é uma coisa solta e selvagem, liga-se aos aspectos e memórias selvagens, irracionais. Os não-treinados em magia...

— Os viventes — interrompeu Alex.

— Sim. Os não-treinados, os viventes, podem sofrer alterações perigosas quando assaltados por esse manah.

— E o que você fez para evitar isso?

— Fechei suas mentes por algum tempo ao manah. Mas nos apressemos, pois esse feitiço não é eterno, muito menos recomendável — ela disse, e imediatamente arrependeu-se de ter revelado um segredo de sua casta, ainda que eles não tivessem percebido.

Voltaram a ser o que eram: um bando de invasores que pretendiam arrancar, tensos e vigilantes, o segredo que repousava nos fundos do inferno. Não havia mais sensações e estranhezas separando-os de sua busca, e eles retomaram o passo, acelerado, sempre espiando para os lados, para a retaguarda, para cima. Quando a confusão das copas permitia, revelavam-se nuvens rolando no céu, indo a lugar nenhum, acumulando-se sobre a floresta, esperando. Os olhos viam aquilo, as pernas ficavam mais aflitas e apressadas. E logo as pernas também ferviam de cansaço, pois o centro da Área Florestal, o pequeno maciço de morros, paredões, elevações e enormes pedras empilhadas pelas forças naturais, no meio do qual a Torre Máxima residia, aproximava-se, anunciado pelo solo, que ganhava rispidez — inclinação e irregularidades de um dado ponto eram nitidamente maiores que nos cem metros anteriores.

Nara e Juara reclamaram do esforço, Marcus e Oliver queixaram-se da sede, e assim acomodaram-se ao lado de uma grande palmeira para uma pausa. A comida, de pequeno volume e sabor, foi consumida com avidez. Depois esvaziaram parte dos cantis, a jovem aliviou-se atrás de uma rocha, os homens ao redor de um tronco apodrecido.

Permitindo-se alguns instantes de descanso e relaxamento, Oliver sacou de um cachimbo bastante usado e ele e Juara consumiram todo o tabaco que puderam. De súbito, tudo foi tomado por um silêncio e imobilidade que os oprimiu. O ar imobilizou-se, nem o mais humilde dos insetos era visto, a luz do sol interrompeu seu desfile sobre as plantas baixas. Uma onda de tensão vinda dos confins da floresta, dos confins do mundo, devolveu-os à pequenez que era o único atributo constante do ser humano, quando no emaranhado verde.

Com dificuldade, Alex dirigiu os olhos para o alto, como se isso os denunciasse: o cinza que encobria o céu estava ainda mais intenso e compacto, não havia mais nuvens individuais, tudo era um bloco, prestes a cair sobre eles.

— A Torre Máxima e seu segredo já sabem que estamos aqui e anunciam sua intenção de se proteger. — A voz de Oliver era baixa e controlada.

— Então vamos, antes que ela faça algo — pediu Alex, que levantou-se num pulo, apanhou o resto da ração e a mochila, e ficou esperando que os outros fizessem o mesmo.

A trilha ficou ainda mais tortuosa. Por duas vezes pararam para que o músico reencontrasse os pontos cardeais. De súbito, após uma curva que contornava um rochedo, o caminho tornou-se mais definido e estranho: nenhum galho ou folha invadia seu espaço, como se as árvores dessem passagem a algo que estava ali, mas não era visto.

Um relâmpago contorceu-se à frente deles, encheu o ar de luz e provocou-lhes uma reação irracional: os passos apressados tornaram-se uma corrida desabalada, facilitada por mais uma bizarrice do terreno, que de um momento a outro se tornava plano, como um platô encravado entre cristas. Corriam como se fugissem do trovão que viria em segundos.

Nara, porém, estacou de súbito. Seu corpo estava rijo, nem pálpebras nem mãos mexiam-se. Até mesmo a respiração parecia suspensa. Desorientado, Marcus aguardava a seu lado, vendo os demais afastarem-se.

O rufar majestoso do trovão veio de um ponto nem distante nem próximo. Alex teve um sobressalto: essa mudança radical do solo não seria uma armadilha? Aguçou a visão, e por um instante tão curto que duvidou dos olhos, viu adiante, meio escondida, uma faixa de um amarelo sem vida. Não houve tempo de alertar os demais: Oliver e Juara, muito à frente, entraram naquela coisa e depois ouviu-se um som seco.

— Índio! Oliver! — Alex berrou, tomado de desespero.

Não houve resposta e Alex disparou adiante; Marcus continuou ao lado de Nara.

E a trilha terminava. Após um desnível de um palmo de altura, havia uma clareira circular, coberta de areia muito fina, lisa e seca. Tal como o índio e o músico, Alex não percebeu o desnível e tombou na massa ressequida. Ninguém se machucou. Oliver e o Juara já estavam de pé, livrando-se da areia. Um som de passos lentos e firmes aproximou-se e Alex ouviu a voz cheia de satisfação de Nara:

— Agradeço aos deuses doadores por ser mulher e maga, e assim perceber a ilusão de ótica que escondeu essa cratera.

— Deve agradecer a nós, homens tolos que se sujaram para você rir limpa e de pé — respondeu Alex, enquanto se levantava.

Nesse momento, ele viu em que despencaram, e fez uma careta de espanto. Parecia um lago seco. Uma clareira de areia, em forma circular, com quarenta metros de diâmetro, escondido entre as árvores. Ao norte, uma abertura perfeita na vegetação indicava a continuação da trilha.

— Maga, pelos infernos, o que é isso?

Com cuidado, ela pisou o solo pouco firme, foi a eles, e após uma deliberação, respondeu:

— Nos arredores de grandes concentrações de manah por vezes surgem fissuras na realidade, fendas no tempo e no espaço preenchidas por pedaços de outros locais e tempos, alguns muito distantes.

— Está dizendo que isto é uma porção de outro lugar, que o manah trouxe de lá, não importa quão longe seja esse "lá"? É isso?

— Sim, Alex, é isso.

Mas ela mesma parecia perdida e confusa no areal, e após dar alguns passos sem direção, estudando o terreno, perguntou ao músico:

— Oliver, viu algo semelhante durante sua primeira incursão?

O músico mergulhou a mão nos grãos quase invisíveis, apalpou sua textura exótica e falou, enquanto observava a areia deslizar com suavidade por entre seus dedos, oprimido pela lembrança:

— Estávamos não muito longe da Torre quando um de nós apontou para leste e gritou. A uns trinta metros havia uma clareira e lá erguiam-se seis torres escangalhadas. No topo de cada uma, um dragão nos observava. — Fez uma pausa e mudou o tom de voz, que tornou-se grave: — Suas escamas refletiam o sol, mas o céu estava nublado. Eles pareciam estar muito longe, mas eram assustadores, uns monstros como jamais havíamos imaginado. De repente, um deles abriu as asas, rugiu e veio direto a nós. Cada um se escondeu num canto, exceto Lio, justamente quem os descobriu. Foi apanhado e levado. Assim que o dragão voltou à ruína, uma névoa pesada começou a surgir de lugar nenhum e a cobrir a clareira. Sequer conseguimos chamar nosso amigo. Apenas recuamos. Dois estavam em lágrimas. Antes que a névoa engolisse tudo, consegui, não sei como, ver o rosto dele. Não tinha medo, parecia extasiado, recebendo uma revelação.

Calou-se.

Marcus explodiu:

— Então é isso que te assombra! Um de seus amigos foi engolido por este lugar. E ainda assim voltou, trazendo outros garotos, para terem...

— Todos éramos garotos. E não tínhamos nem plano, nem experiência, nem um mago conosco...

— Talahama*!

Voltaram-se para o autor do grito. Juara tinha um punhado de areia nas mãos e o cheirava ruidosamente.

— Índio, o que há? — perguntou Marcus.

— É areia de Talahama, o deserto morto. Vamos sair. Correr, depressa.

— Estamos com os pés num trecho dele? Depressa, mas com cuidado, não pisem com força, ou nunca sairemos daqui — ordenou Oliver.

Alex e o próprio Oliver foram os primeiros a tentar: jogaram os pés para frente, usando toda a força que tinham. Quando tocaram de novo a areia, esta, de tão fofa e lisa, jogou-os para trás, desnorteados. Quando recuperaram o equilíbrio, viram-se a trinta centímetros do ponto do qual partiram. E o pior aconteceu logo depois. A areia ganhou vida, redemoinhos e muitas línguas longas e grossas agitaram-se no ar por um momento e em seguida golpearam as bordas do lago de areia no lado sul, de onde eles vieram. O terreno sólido

* *Grande e temido deserto situado no sudoeste do Valesh, próximo ao sul da Cordilheira Fabulosa. Antiquíssimo, sua areia é tão lisa e fina que percorrê-lo é quase impossível. Dizem os habitantes dos arredores que há séculos ninguém nele ousa entrar, pois não há como sair.*

e firme, fustigado pela aridez de morte do Talahama, simplesmente rachou e se desfez em mais areia, e as árvores recuaram como animais, as copas tremendo de terror.

Tudo durou apenas um minuto, suficiente para que então houvesse vinte metros isolando-os da trilha. Nara, sem pensar mais, executou um salto de mais de dois metros, num conjunto de movimentos graciosos. Quando suas botas voltaram à areia, abriram uma fenda que se alargou até formar um buraco de um metro por dois, pouco profundo. A maga tombou nele como se não fosse a mesma criatura que parecia ter planado um minuto antes.

— Grande Aion! — rosnou, enquanto endireitava o corpo num movimento ainda mais indescritível, e punha-se de pé.

A areia respondeu à nova tentativa de fuga: dois redemoinhos ergueram-se e cresceram numa rapidez somente possível por magia. Oliver gesticulou para que se juntassem e eles o fizeram, seus olhares ferozes e tensos. As duas aberrações aproximavam-se deles lado a lado, como se fossem seres vivos e conscientes, e eles estavam convencidos de que elas eram, tão rápido e anormal era seu movimento. Tentaram recuar, mas a areia cedia ao contato com seus pés, dando lugar a ameaçadores buracos. Estavam encurralados. A nuvem de areia já os atingia; os olhos queimavam e não mostravam uma cena nítida, a garganta doía ao aspirar o ar empesteado, a pele ardia ao açoite dos grãos.

— Vamos esperar sermos sufocados? Temos que agir! — rugiu Alex.

Nara deu dois passos adiante, tirou um objeto escuro e brilhante de um bolso lateral, esmagou-o com as mãos e soprou o pó em direção às massas de areia. A minúscula nuvem inchou, tornou-se uma névoa densa ao receber a expiração da maga, e arremeteu contra os redemoinhos, que guincharam um som metálico e estridente e se desfizeram. Atrás deles, surgiu um areal a perder-se na distância, ondulações e mais ondulações cujo brilho agredia os olhos e das quais desprendiam-se bafejos de ar tão quente e seco que eles imediatamente sentiram-se próximos de desfalecer.

— E agora? — Marcus gritou, dirigindo-se a Nara.

— Estou percorrendo minha ara de feitiços.* Ahhh! — Ela ajoelhou-se, as mãos abertas. — *Fonte da Alta Realidade, lei rigorosa e sacramento, dou-lhe fervor e sacrifício, que sustentam a Terra. Senhores do que foi, é e...*

Um som imenso e rouco rasgou o céu e do rasgo a chuva desabou. Primeiro vieram gotas pesadas, que pousaram como explosões na areia, e então a tempestade cobriu a floresta, uma massa contínua e sem-fim de água que encheu todos os espaços, reclamando seu domínio sobre o mundo. Uma cortina cinza grossa e movente que cobriu tudo. A torrente era tão espessa que Alex lembrou-se de imediato de uma expressão para chuva forte: "Lanças de água que caem do céu sem parar, imobilizando tudo." Era isso que os assolava nesse momento, uma coisa maldita, que não permitia ao shimanduriano sair do lugar.

A voz de Nara se fez ouvir de novo, tirando-os da paralisia:

— Corram. A chuva compactou a areia, vamos embora enquanto podemos.

E fez outro salto acrobático. Dessa vez, a bota afundou pouco, o bastante para ela executar outro salto e mais outro. Os homens a seguiram, com passadas rápidas e pesadas. Logo todos estavam na borda da clareira. Ali a areia já se tornara uma massa viscosa e Juara só conseguiu sair puxado pelos outros. Ao ver que estavam em segurança temporária, Alex perguntou a Nara:

* *Jargão dos magos. Significa que o mago está consultando os feitiços "disponíveis" em sua mente e verificando qual o mais adequado à situação.*

— Você fez chover?

— Apenas apressei o que iria acontecer. A chuva cairia em minutos, mas apenas depois do nosso fim.

— Como sabe disso?

— Havia uma camada, uma cobertura de manah sobre a clareira, retardando a chuva, como que dizendo a ela: "Espere, espere o deserto devorar esses humanos desprezíveis." Sua presença era muito nítida para mim, tão nítida que consegui rompê-la por um átimo. E foi o suficiente.

— E agora? — intrometeu-se Marcus.

— Norte, sempre norte — o músico respondeu. — Não saiam da maldita trilha. E todos de armas a postos. Os pesadelos da floresta se encarnam e continuarão a cair sobre nós. Se o poder que habita a Torre Máxima é um ser consciente, deve estar bastante irritado.

Em seguida, empunhou sua espingarda e engatilhou-a, no que foi seguido pelos outros. Marchavam, combatentes que esperavam o inimigo se abater sem aviso, através de um terreno ainda mais difícil. A tempestade fez da superfície barro, correntes de água enlameada já corriam por todos os lados. Correr ali era impossível e perigoso, por isso o passo era mais lento do que deveria, agravado pela conformação do terreno, que voltara ao íngreme e entrara no insólito: fendas fundas e estreitas surgiam nas bordas do caminho, como se feitas por golpes de uma faca descomunal; as raízes das árvores próximas ignoravam esses buracos e se lançavam ao vazio, ornamentos de um lugar em que as regras mais elementares da natureza eram postas de lado.

Oliver aproximou da borda de uma das fendas e apontou para o fundo repleto de lama e detritos. Disse, a voz fria:

— Os caldeirões. Armadilhas para apanhar os incautos, que morrem pela queda. Quando seus corpos apodrecem, a chuva os transforma nas emas ranauras, filhas bestiais da fera humana.

Dali em diante, um arrepio percorria o corpo de Alex quando ele passava até mesmo pela mais rasa das fendas, pois conhecia muitas histórias macabras e sanguinolentas sobre a ave assassina que atacava em grupos.

Caminharam por cerca de trinta minutos, novamente em silêncio. A tempestade abrandou, reduzindo-se a uma chuva comum, suave, e até mesmo agradável. A perturbação na consciência de Alex, porém, apenas inchava. Imaginava quais horrores que se abateriam no instante seguinte, seus sentidos estavam ainda mais alertas, porém o mais perturbador vinha do mundo externo. Qualquer ruído ou mínimo movimento fazia todos pararem, apontar armas ou formarem um círculo, para defesa.

O ruído da precipitação, o mínimo movimento de um lagarto acomodando-se em um galho, o balançar das folhas e galhos, uma ave pequena e dócil que reagia à presença deles e fugia aos pios, os fluxos de água escorrendo pela terra, carregando galhos, folhas, seixos — a sinfonia desordenada da natureza chegava a eles como uma enlouquecedora mixórdia, não conseguiam distinguir sinais de ameaça dos movimentos e ruídos típicos de uma floresta. Parecia-lhes que uma saraivada de estalidos de dentes e garras mortíferas, poças sendo pisoteadas, vozes que mostravam a origem sobrenatural de seus donos, grunhidos furiosos, vastas respirações e grasnados irregulares os cercavam. Alex observava os demais. Encarou Oliver e Juara, que iam ao seu lado, girou a cabeça para trás e estudou Nara e Marcus. Como supôs, nem mesmo a maga estava incólume à tamanha tensão: ela hesitava em sacar a espada, os músculos do braço saltados, seus passos eram duros.

Temendo que alguém fizesse algo tresloucado em um rincão em que frieza e autocontrole eram os atributos mínimos para manterem-se vivos, Alex ponderou por instantes e fez o máximo que pôde: pediu que parassem e aguardassem a chuva diminuir ou que os próximos guardiões da Torre se anunciassem. Oliver discordou com energia, alegando que o tempo era escasso e que uma pausa para recompor o espírito ali era loucura suicida. Sem nada dizer, Alex bufou e franziu a testa, apontou a arma para a frente e tomou a dianteira. Foi o suficiente para os demais apressarem o passo, armas em punho, atentos à discussão entre os dois líderes, mas que morreu em seguida.

Alex olhou-os com atenção mais uma vez e sorriu para si mesmo.

Mais alguns minutos, após uma curva fechada e meio oculta por um pequeno bambuzal, surgiu a próxima grotesqueria: um imenso calhau de cor marrom, postado exatamente sobre a frágil trilha. As manchas de terra vermelha que marcavam a coisa e a vegetação que fora derrubada e espalhada ao redor, inteira, sem fraturas nos galhos ou raízes, mostrava que viera de baixo para cima, fora convocada pela chuva e irrompera ali para impedi-los ou atrasá-los.

Inspecionaram a rocha e ficaram espantados: inúmeras e perigosas aflorações de cristal muito pontiagudo cobriam-na de ponta a ponta. Onde elas não ocorriam, a superfície estava coberta de um grosso limo que tornava impossível escalá-la. O porte era descomunal. Tinha mais de seis metros de altura e se espalhava por pelo menos vinte metros. Todas as suas características anormais combinavam-se para impedir que pudesse ser escalada, contornada. Sair da trilha era a única possibilidade. Era mais um artefato criado por algo inominável, uma nova e declarada armadilha que brotara dos desregrados elementos da Floresta.

Sem delongas ou discussões, contornaram a rocha pela direita, embrenhando-se tanto na mata que a sensação de ataque iminente retornou com a mesma intensidade de antes.

Bem à frente, logo após vencerem o extremo do calhau, despontava uma outra trilha que seguia para a esquerda, tão visível que pararam, tomados de desconfiança. Mais alguns metros e o caminho alargava-se, era quase uma clareira. Óbvio demais, porém não havia alternativa, tinham de passar por ali para retomarem à trilha principal. Mas antes que o fizessem, muitas mãos trêmulas surgiram de trás das árvores, mãos ossudas e mal-formadas que tentavam agarrar o que pudessem, fechando-se contra o ar, folhas, outras mãos. Alex pôs a arma no ombro e num movimento curto e sutil, apoiou-se na árvore a seu lado, num ângulo que o permitiu encarar o dono das mãos que saíam da árvore. Ficou pasmo. Não era a coisa enorme que esperava, mas apenas um tronco fino e inseguro feito de ossos fundidos ao acaso, sujo de lama, coberto por uma pele grossa repleta de rugas fundas e dobras, sustentado por pernas desengonçadas e segurando uma cabeça que não era mais que uma porção triangular de carne meio podre, uma boca torta, e dois olhos escuros e mortos, que nada viam.

Alex mirou a cabeça e disparou. Os fragmentos espalharam um fedor como ele jamais sentira.

As outras criaturas deixaram os esconderijos e os cercaram, soltando guinchos agudos enquanto os braços se contorciam. O som das espingardas rugindo e das cabeças explodindo encheu o espaço. Contudo, mais criaturas surgiam, repondo as mortas. Em meio ao combate, o instinto ordenou que continuassem para norte. Assim, Oliver abateu os dois monstros que fechavam a trilha, e foi em frente, chamando-os com um grito. Andou apenas um metro, pois três criaturas fechavam a passagem. O músico sacou o facão e cortou-os pelo meio, apenas para chamar mais quatro.

Todas as criaturas tentavam tocá-los, e eles as destruíam antes que o fizessem.

Os movimentos para se desviar dos monstros levaram Juara a se posicionar contra um pinheiro colocado no extremo mais elevado da clareira, e ali ele viu a cena por inteiro. Percebeu que os monstrengos magrelos procuravam empurrá-los para aquele ponto, para que retornassem à trilha principal, pois a maioria delas surgia detrás da rocha e outras do lado leste — nenhuma vinha da trilha maior. Isso não tinha sentido: inimigos ajudando a fugir?

Juara arrancou um naco de fumo com o canivete, levou-o à boca e mascou até a força da planta irrigar seu cérebro. A memória foi desperta e o levou à época em que se embrenhava pelas matas com seu avô, o grande Paiuema, para caçar, e despejou na consciência do índio imagens das artimanhas que as criaturas usam contra seus oponentes. A suspeita o fez avançar um metro e espiar o caminho de fuga. Um som pesado de respiração vinha de lá, acompanhado de um inconfundível bafo de carnívoro. O que fez a seguir, ele só entendeu dias depois: soltou um urro, um antigo grito de guerra de sua tribo, e num pulo jogou-se contra um grupo das deformidades magrelas. Quase todas foram ao chão com ele, e levantaram-se de imediato, para nada de mal fazerem. Não o atacaram. Apenas o agarraram com suas mãos horrorosas, que se transformaram, de imediato, em inúmeras e longas gavinhas ressequidas que envolveram o corpo do índio e o puxavam.

Juara fez um grande esforço, rasgou as gavinhas enroscadas em suas pernas, levantou-se e com uma autoridade desconhecida aos outros, gritou, apontando para o norte:

— Voltar. O chefe dos magrelões vem de lá!

E desatou a correr na direção oposta.

Antes que os demais pudessem acompanhar o índio, o ruído de um corpo enorme e pesado cresceu, um silvo agrediu seus ouvidos e surgiu uma criatura que identificaram de imediato, embora nunca tivesse sido vista antes: um varano bípede, um lagarto que andava em duas patas, um monstro de quase três metros de altura, corpo poderoso e perfeito; escamas verdes, regulares e brilhantes, membros proporcionais e bem distribuídos estourando de tantos músculos, tórax firme, gigantesco, e a cabeça de lagarto afilada de mais de meio metro ornada de dentes afiados brancos e olhos cintilantes.

A aparição fez os magrelões debandarem, emitindo lamúrias e chiados tristes, e provocou nos humanos uma fúria tão *incontinenti* que Alex, Oliver e Juara apertaram o gatilho das armas antes de o varano esboçar ataque. Buracos enormes surgiram na mandíbula e fronte do réptil, cuja queda no solo fez as árvores ao redor tremerem.

Os companheiros aguardaram um momento, após o qual, certos de que haviam abatido o sáurio, aproximaram-se em passos lentos.

Oliver, que ia à frente, estacou e apontou: a chuva, nesse momento reduzida a um chuvisco mais grosso, curava as feridas do seu rebento. Cada gota que atingia os tecidos arrombados os regenerava um tanto. Os ossos já estavam refeitos e uma película translúcida crescia, cobrindo os ferimentos.

— Impossível! — Alex exclamou.

— O impossível não existe aqui, vivente — fuzilou Nara, abrindo passagem por eles.

Postou-se a dois metros do corpo, que já começava a se mexer, registrou as formas da criatura na memória, recuou para o lado oposto da clareira, sentou-se de costas para eles, tirou uma porção de objetos e dois saquinhos de seda da bolsa, e gritou:

— Detenham-no por dois ou três minutos. Atirem, joguem bombas, mas me deem tempo de trabalhar. E não me interrompam! Por motivo algum!

Sem dizerem uma palavra, eles cercaram o lagarto, os dedos de suas mãos acariciando o gatilho das armas.

Uma aceitação discreta, tácita e envergonhada, para com as atitudes e ações imprevisíveis e exóticas dos membros da casta de Nara era uma característica que até mesmo os shimandurianos mais avessos aos magos, os mais rebeldes e explosivos, tinham incutida dentro de si desde a mais tenra idade, por mais que a odiassem e negassem que a portavam. Fora natural para eles, até mesmo para Alex, receber tais ordens e mais natural ainda cumpri-las, em uma situação tão selvagem e desesperada.

O lagarto já tentava pôr-se de pé. Marcus disparou contra um dos joelhos da criatura, que urrou e tombou novamente. Então, algo pavoroso aconteceu: o novo ferimento regenerou-se com enorme rapidez, em um instante, e o monstro emitiu um sibilo que soou como zombaria, enquanto, já de pé, testava a perna. Oliver e Juara colocaram-se lado a lado e dispararam uma saraivada contra seu focinho, que se desfez em uma chuva de pedaços fétidos de carne, pedaços que mal tocaram o solo molhado foram alimentados pelo manah, ergueram-se e reagruparam-se. O varano chiou, arrancou a arma da mão de Juara com um golpe, e avançou. Eles recuaram, as faces congeladas de pavor, as mãos buscando, em movimentos frenéticos, as bombas portáteis.

Alex inclinou-se na direção de Nara, quando sentiu uma mão agarrar seu ombro. Voltou-se e ali estava a face severa de Marcus, severa como ele nunca vira. Seu mais antigo e próximo amigo fitou-o nos olhos e moveu a cabeça no sentido horizontal, e Alex concordou, agradecendo à presença de espírito de Marcus.

O lagarto saltou sobre eles, que tentaram ser mais rápidos. Oliver escorregou e estatelou-se em uma poça de lama. O varano o alcançou e arreganhou a boca, mas antes que rasgasse o músico, um berro encheu a pequena clareira:

— Podridão trazida pela chuva!

O varano ergueu-se e encarou Nara, ereta e emanando autoridade e poder.

— Ordeno que fique onde está. Devolver-te-ei para o ciclo da matéria que vive e morre, para o solo a que pertences. Agora!

Não houve tempo de o monstro reagir. A maga revelou o objeto que trazia nas mãos, elevando-o contra a chuva, acima de sua cabeça: um boneco tosco representando o próprio varano, feito de pele e ossos de animais e preenchido com terra úmida.

A mão direita segurava o boneco e a outra mão dançava sobre ele, enquanto ela entoava um canto, mais definido e forte a cada palavra:

Fúria do Fogo
Fogo da Palavra
Palavra do Poder
Poder de Destruição
Destruição pelo Fogo

Um halo de fogo acendeu-se ao redor de seus dedos, e ao som da última letra, tornou-se um jato incandescente que cobriu o boneco. Labaredas sugiram no ar em volta do varano, que gritou e foi consumido num instante, tamanho o seu calor e extensão, para desaparecerem sem deixar vestígios.

Trêmulos, pasmos, os homens aproximaram-se a passos tímidos, contemplaram a massa de carvão fumegante — tudo que sobrara do varano —, e com assumido temor, voltaram-se para Nara, que ordenou:

— Vamos, logo haverá mais coisas em nosso encalço.

A luz do dia tingiu-se de tons avermelhados. O crepúsculo não tardava. A marcha tornou-se ainda mais ligeira e nervosa, apesar da chuva mais rarefeita a cada passo. O terreno continuava em ascendente, mas menos irregular e torcido. Após quinhentos metros, surgiu uma espécie de imenso degrau, baixo, mas muito largo, que avançava sobre a orla das árvores. Ultrapassando-o, o terreno seguia plano por cem metros e a partir dele as árvores diminuíam de altura e quantidade, a floresta tornava-se um bosque, o início deste pontilhado por grandes e maciços calhaus.

O grupo já estava na mata o suficiente para saber que a mudança era anúncio de mais eventos horrendos. Juntos, empunharam as armas, sem uma palavra trocada, pois o poder que grassava na Floresta dos Pesadelos Encarnados castigava os homens com horrores e tormentos, mas também concedia-lhes algo: uma percepção aguçada que lia sagaz todos sinais da natureza. O fim da jornada estava próximo e Oliver intuía que todos sentiam uma mesma ansiedade, uma expectativa que percorreu a todos sem ser influenciada pelas individualidades — mas não se deram conta disso, havia muitas diferenças para que uma comunhão real e transcendente alcançasse suas consciências. Só se tornariam uma unidade diante de algo mais real, mais tangível e mais assustador. O ser mais profundo e antigo deles ansiava por esse algo, mas, é claro, não sabiam disso. Apenas andavam e aguardavam, pois sentiam que outras crias da magia teriam de ser vencidas. O que surgiria agora? O que guardaria os limites da Torre? Ganhariam acesso e controle sobre ela sem terem de se bater contra um guardião último, postado ao seu lado ou em seu topo, ou haveria mais antes de levarem a jornada a termo?

O grito agudo veio de um ponto qualquer, atrás deles. Um som entre o miado de um gato selvagem e o pio de uma águia, num volume impossível a um animal comum.

Petrificados pelo grito, estacaram. Apenas Oliver já ouvira o som antes e tão perto, mas os demais também sabiam o que era.

O grito da ema ranaura.

O mais sanguinário dos monstros da chuva, dono de inúmeros epítetos e anátemas macabros. A cria da chuva gerada da fusão mágica de corpos humanos e restos de carnívoros. O monstro que mais mortes e mutilações causara desde que a maldição se derramava sobre Shimandur. O filho da chuva mais terrível, pois trazia em seu corpo "toda a maldade e esperteza do homem, piorada pela ferocidade dos predadores", segundo palavras de um cronista, que se tornaram dogma entre os homens da cidade amaldiçoada.

O grito repetiu-se e outro o respondeu. E outro e mais outro, claramente um mais distinto que o anterior.

Os aventureiros varreram os limites do sítio e entreolharam-se, menos o músico, que apontou a arma para a penumbra, enquanto balbuciava sons indistintos. Alex aproximou-se e recomendou, em voz baixa:

— Não perca o controle. Isso atiça as emas. Andante, o que há? Não tinha te visto assim, tão fora de si.

— Foram elas. Um bando de emas matou meus amigos, rasgaram eles como papel. — Sentou-se no chão úmido, indeciso entre segurar a arma ou atirá-la longe e urrar de pavor. Sua voz cresceu e tornou-se um rugido. — Só eu escapei! Corri daqui, corri do Valesh para reunir conhecimento e força que acabassem com sua mãe bastarda.

— Pois hoje será a sua desforra, Oliver. Mataremos todas e do alto da Torre, vamos levantar suas cabeças sujas de sangue ao céu, enquanto amaldiçoamos aquele que desgraçou Shimandur, num ritual para libertar nossa cidade!

— Que suas palavras bebam do sumo do tempo e do espaço e se tornem atos, pois os monstros estão chegando — gritou Nara, apontando para uma massa de vultos que se remexia a leste, por trás das árvores. — Empunhem suas armas e lutem, não-iniciados!

Todos olharam para o ponto que a maga apontou, mas as emas já estavam mais próximas e dispersas, algumas avançavam, outras recuavam, e as últimas cercavam a retaguarda. Oliver, que por muito pouco escapara do resultado daquela estratégia, e passou tantos anos pensando uma maneira de vencer tamanhos monstros, berrou:

— Formem um círculo!

Eles uniram as costas, formando um círculo irregular, esperando.

Eretas e firmes, num andar de passos humanos, as emas ranauras surgiram por entre pedras e árvores, pios agressivos cuspidos dos bicos brilhantes. Nada na forma e comportamento desses demônios indicava por que eram chamados de emas. Eram imensas aves cinzentas sem asas, corpo de águia, cabeças redondas semelhantes às das corujas, com enormes bicos cortantes — no lugar de asas, braços magros e longos terminavam numa lâmina óssea tão afiada que era capaz de decepar um membro, as patas longas e grossas terminadas em três dedos munidos de unhas fortes, e os olhos causavam um terror sem par. Olhos humanos na forma, cores, mas enormes, cujo brilho combinava em partes iguais a inteligência do homem com a fúria das bestas. Uma expressão de atributos que nenhum outro ser detinha. Um brilho sobrenatural como a luz das fogueiras que ardiam no topo das torres, selvagem como os tigres negros de Kiash, amaldiçoado como aquele que jogara Shimandur sob desgraça.

Num esforço tremendo, Oliver desviou os olhos da ema à sua frente, que já tentava capturar sua consciência usando o olhar, e deu outra ordem:

— Comecem a girar no sentido horário. Nem rápido, nem lento. Isso evitará que se fixem numa delas. Se seu olhar e mente forem pegos pelo olhar de uma delas, você morrerá no instante seguinte. Não olhem nos olhos delas!

O círculo pôs-se a girar. As emas continuavam aproximando-se, interessadas no espetáculo. Eram nove indivíduos, formando um círculo ao redor do círculo humano. Aparentemente enlouquecido de tensão, Marcus ajeitou o gatilho da arma e apontou para a cabeça de uma das emas, causando reação imediata do músico:

— Ainda não! Espere.

— Esperar o quê, seu maluco? Elas vão nos trucidar!

— Veja!

A menos de dois metros elas pararam, como se tivessem se chocado contra uma parede invisível. Movendo a cabeça para o alto, para os lados, para trás, tentavam entender o que viam. Estavam totalmente desnorteadas com aqueles seres que não as encaravam.

— Oliver, qual o próximo movimento? — Alex quis saber.

— Quando eu der a ordem, mudem para anti-horário. Se minhas conclusões estão corretas, elas vão se cansar e sumirão. E não deixem se prender pelo olhar delas! Atenção, um, dois... agora!

Um minúsculo instante de imobilidade, e estavam em sentido contrário ao do relógio. Com a mudança, Juara voltou a desfilar diante de uma ema de olhos muito verdes, a segunda vez em um minuto que passava por eles sem encará-los de frente, mas o lampejo bastou para a lembrança surgir avassaladora: olhos iguais ao de seu avô, do velho vovô que lhe ensinara tantas coisas, que morreu doente, lá na casa que ficava no pé das montanhas, e o índio ali, tão longe, numa cidade em que não gostavam dele, lutando contra monstros — e o monstro tinha os olhos do vovô...

— Ahh, os olhos de vovô! Pássaro-monstro, vou te matar! Devolve os olhos de meu avô! — berrava, como se algo o rasgasse por dentro, ao mesmo tempo em que buscava a cabeça da ema na mira da arma.

Mas as mãos, tomadas pela histeria, deixaram a espingarda mergulhar na lama.

O transtorno do índio encheu a ema de satisfação e fúria. Com os braços esticados, ela saltou em sua direção. A lâmina da direita penetrou com facilidade na barriga de Juara, que soltou um urro de agonia. O cheiro de sangue fez o monstro piar para o céu chuvoso. Tão rápido como atacou, tirou a arma orgânica das entranhas do rapaz e posicionou-a para rasgar-lhe o peito. Um tiro abafou a voz abjeta da ave, sua enorme cabeça explodiu, os fragmentos espalhados por metros. Depois, o grito furioso de Alex, o cano da sua espingarda fumegando:

— *Ao ataque!*

E o platô tornou-se um campo de batalha. Com destreza humana, as emas agitaram no ar as facas de osso e jogaram-se contra os humanos, que responderam com uma chuva de tiros. Três emas tiveram cabeça e mãos arrancadas antes de desferirem um só golpe. A mais robusta, dona de olhos negros e um bico imenso, avançou para Nara, as lâminas dirigidas ao peito da maga, que rolou no chão num movimento circular, sacando a espada. Ela levantou-se, o corte da arma para cima, e decepou as mãos da ave, que recuou e cuspiu um pio em que se misturavam dor e ódio. Tomada de uma fúria que calava a consciência, a maga enfiou a lâmina no olho esquerdo da ema e girou-a até que escorresse uma baba escura e malcheirosa.

Nara suspirou satisfeita, e olhou ao redor: estirado, Juara era protegido por Alex, que perdera a espingarda e mantinha uma ema a menos de um metro desferindo golpes de faca contra o ar, porém ele já exibia rasgões na roupa e um corte no ombro que vertia sangue; Oliver e Marcus eram acossados por três emas de tal modo que não havia como enfiarem um único cartucho nas armas. Um protegia o outro usando os facões. A insana brincadeira de um bando de viventes tomara o rumo por ela previsto; sabia, sem satisfação ou desgosto, o que fazer. Seus deveres de mantenedora da ordem e da vida em Shimandur, marcados por pouco reconhecimento e muita inveja e desprezo vindos daqueles que devia proteger, os homens não-elevados que não podiam conhecer as maravilhas e os prazeres de se tocar e manipular a essência cósmica, surgiram diante dela claros e definidos. Seus olhos se fixaram nas rochas meio enterradas no solo e espalhadas no fundo do platô, e em resposta as palavras e invocações do feitiço preencheram sua cabeça de imediato. Nara meteu a mão esquerda num bolso escondido na lateral do traje, apanhou um punhado de folhas secas e espalhou-as no ar ao seu redor, aspirando com força o perfume que vinha delas; em seguida, ajoelhou-se e enterrou os dedos na terra escura. Sua cabeça tombou para a frente e seus olhos cintilaram como duas estrelas que rompem a cor sinistra das nuvens. O feitiço escapou ansioso de sua boca, cada letra acompanhada de um tilintar místico:

— *Deuses doadores, cujos olhos são as montanhas,*
eu, sua filha, empunho a erva colhida no Trikakud,

pronuncio a primeira palavra e o primeiro nome, por seu poder e graça entrego estas criaturas à destruição, à força e poder das pedras, ossos da Mãe Terra, eu envio a estas podridões.

Um tremor sacudiu o solo e todos, homens e emas, imobilizaram-se. Um ruído morto veio do fundo, e três blocos tremeram, elevaram-se do solo num salto e mergulharam sobre as emas, em tamanha velocidade que elas mal tiveram tempo de arregalar os olhos: o impacto tremendo as reduziu a uma pasta, fétida como os restos de um filho da chuva sempre eram.

Com dificuldade, Nara tirou as mãos do solo e ergueu-se. Estava fatigada. Não havia mais sinal daquele brilho vítreo em seus olhos, a pele estava molhada, coberta de suor. A garota de traços doces largou um suspirou e desabou no chão. Marcus correu até ela e apanhou seu pulso. Nara abriu os olhos, sentou--se, sorriu para seu primo e amante, e pediu:

— Água. E depois, vinho.

Ele correu a atendê-la. Enquanto isso, Alex e Oliver socorreram Juara, que, caído, tentava apoiar-se nos cotovelos. Um gemido quase inexistente saía de sua boca e os olhos reviravam-se. Oliver rasgou sua camisa e tentou estancar o sangue, que já formava uma pequena poça na terra. Vendo a maga em pé, segurando um pequeno odre, Alex chamou-a:

— Nara, ainda precisamos de você. O índio está perdendo muito sangue.

— Não agora, ela está exausta — retrucou Marcus, que recuou involuntariamente, tão feroz foi o olhar que Alex e o músico lhe dirigiram.

Nara aproximou-se com segurança, mas sem pressa. Ajoelhou-se diante de Juara, pronunciou uma porção de palavras numa língua desconhecida aos demais, e pôs a palma da mão esquerda a poucos centímetros do rosto vermelho do índio. Segundos depois, deu o veredito:

— Fechar esse corte vai exigir uma porção e tanto de manah. Se eu o fizer, ficarei seca, em estado vivente.*

Alex encarou a maga com severidade, em silêncio, o que foi muito difícil; sentiu-se enfurecer, queria apertá-la pelos ombros, enquanto ordenava aos berros que salvasse a vida desse membro de uma raça que ela detestava. Controlou-se e a raiva converteu-se em determinação. O momento não permitia planos sinuosos ou palavras bem escolhidas, só veemência. Nara não gostava dos índios imigrantes que, às centenas, fugiam das guerras e secas da Cordilheira Fabulosa e se aglomeravam por todos os cantos de Shimandur em que sua presença era suportada; e sentia um desprezo particular por Juara, que a olhava com olhos de animal no cio, sem nenhum cuidado ou decoro. Mas ele era amigo e protegido deles, de Alex e de Marcus. Que fizesse o que era preciso para salvar o índio!

Ele chegou tão perto que podia sentir o cheiro de vinho ao redor da boca insinuante. Seus olhos viam apenas os olhos nervosos da maga. E ele fez o ataque:

— Maga, ignore o que você sente por Juara e ignore o que ele sente por você. Você vai salvar o índio. Ele é descarado e sem modos, mas é uma pessoa como nós. Toque seu corpo e mente e verá. E mais: a ema não rasgou a barriga de lado a lado, portanto não é um corte muito fundo. Ele não está agonizando, ainda. Não é preciso tirar a dor ou repor o sangue, apenas feche o corte. Você deve ter poder o bastante.

---

* *Mais jargão dos magos. Seco(a), em estado vivente, indicam o ponto mais baixo que as reservas de manah de um mago podem atingir: nada, nenhum poder mágico correndo por seu corpo e espírito. Os magos evitam essa condição ao máximo, pois é perigosa e de consequências um tanto imprevisíveis, que podem ir de depressão e mau-humor a surto psicótico e suicídio.*

*

Alex comportou-se como um homem completo, ao despejar a sua torrente de palavras. Sem esforço, continuou com o porte e o ar de um homem bem mais velho, enquanto a encarava. Mais uma vez, a segunda em só dia, um homem conseguiu desnortear Nara, jogando-a na sua condição verdadeira, a de mocinha que ainda não era uma mulher plena, que não tinha todas as decisões e palavras que queria e imaginava ter. Praguejou contra si mesma em silêncio, pediu força e serenidade a Aion da cabeça de leão, seu deus adotivo, implorou que ele a libertasse da escravidão do tempo linear e lhe desse nesse momento a sabedoria e as palavras que teria somente nos anos posteriores. Domou a frustração a custo e baixou o olhar para Juara. Apanhou o odre de vinho mais uma vez, esvaziou-o de um só gole, e sem relutância colocou as mãos nas têmporas do índio. Depois, voltou-se para Oliver:

— Aperte a faixa com força. E não dê atenção a gemidos ou gritos.

Depois semicerrou os olhos e pronunciou algumas palavras sussurrantes, uma longa pausa entre cada uma. Ao terminar as palavras, uma névoa muito tênue deixou seus lábios para dançar ao redor de Juara, que balbuciava sons tão estranhos quanto suas palavras — era o sinal de que seu espírito estava desarmado, pronto para ser manipulado.

O espírito da maga emitiu uma nuvem de fios invisíveis que mergulharam no corpo febril do índio e tatearam pela pele e tecidos até encontrar seu espírito nas profundezas da carne, em um plano da inconsciência, da dor e do delírio no qual este ser grosseiro se refugiara. Chamou-o. O som veio como um golpe no corpo, e o espírito de Juara despertou.

*

Estava deitado num campo que não estava lá, mas era tudo de real que nesse momento havia para ele. Sons calmos misturados a uma luz suave enchiam o lugar, mas Juara distinguia o que era som e o que era cor: sensações serpenteavam a sua volta, fundindo-se, dissolvendo-se em franjas. Ao pôr-se de pé, uma onda de perfumes envolveu-o. Sentia os fluxos de cada um fazendo volutas ao seu redor, os aromas convidando-o para a colina de onde a luz e o som brotavam cada vez mais intensos. Caminhava na direção da elevação mais e mais rápido, até que viu uma pessoa parada no sopé. Uma mulher alta, vestindo uma capa magnífica que tremulava ao vento, suas mãos abertas chamando. Ele se deteve, desconfiado, mas a mulher falou com uma voz repleta de autoridade. Devagar, aproximou-se e segurou as mãos da mulher.

E Nara viu e conheceu Juara em essência e íntimo, conheceu todas as marcas que tempo e experiência gravaram em seu corpo e que se refletiam no espírito. Primeiro veio tudo o que esperava: brilhos uniformes e espessos, sem matizes sutis ou variações, lisos. Ressentimentos típicos do povaréu, preconceitos e raivas contra os abastados, um desejo animalesco pelas mulheres de pele clara e cabelos dourados, tão diferentes das moças de seu povo, sempre de pele queimada pelo sol. Desviou-se da doentia imagem erótica de si mesma que encontrou e logo adiante foi bombardeada por aquilo que em verdade sabia existir ali, mas que sempre preferiu refutar: coragem pura, tanta que vazava em lampejos; poder de criar e imaginar, ainda que pisoteado por rotina e cansaço; o negrume sinistro da violência e da destruição; lá os brilhos eram ricos e variados. Ela alcançara a humanidade mais autêntica de Juara.

Após um momento em que se deixou maravilhar, retomou o autocontrole e rogou uma praga inócua a

Alex, por obrigá-la a desfazer uma série de convicções que ela prezava. Bem, aquilo que esperasse, ainda não terminara essa tarefa suja. Agarrando as mãos do índio com força desmedida, trouxe-o de volta à consciência e ao corpo, onde foi deixado de modo rude. E era no corpo que a tarefa tinha de ser completada. Retornou ao seu próprio e mobilizou suas últimas reservas de força mágica. O manah fluiu dela para o índio, dirigindo-se ao corte. Nara invocou as palavras do encanto de cura e os tecidos rasgados, alimentados pelo poder, juntaram-se, fecharam o corte, e o sangue deixou de correr em menos de um minuto.

Um vagalhão percorreu todos os aspectos da maga, uma onda que a dobrou de tal forma que ela sequer pensou em resistir. A onda vinha de si mesma, era um aviso de sua essência mais profunda e primitiva, alertando que o rapaz não mais estava em perigo e, o mais importante, seu manah estava quase esgotado. Ela interrompeu o fluxo sem hesitar — que o próprio corpo do índio arcasse com a cicatrização, as dores e a reposição do sangue; tais feitos estavam contidos nas palavras complementares do encanto, mais velho que a história do Valesh, mas ela não poderia fazer mais.

Juara gemeu alto durante o processo, e o pano ficou quente ao toque. Por fim, Nara levantou-se e, num movimento rápido, deu as costas a eles. O índio respirou fundo e abriu os olhos, ao que os demais se desfizeram em sorrisos.

— Que passa, cadê aves-demônio? — perguntou.

Oliver e Alex apertaram as mãos do amigo, que, desconcertado ao ver-se sem o corte e não mais a perder sangue, ficou a olhá-los por algum tempo, e depois levantou-se com vagar. Ao erguer o tronco do solo, uma onda de dor correu até sua cabeça. Gemeu alto, apoiou-se em Alex e após alguns suspiros, sentiu-se capaz de caminhar.

Marcus correu para Nara e envolveu-a nos braços, preocupado.

— Como você está?

— Mantive manah bastante para minha sanidade, nada além. Não posso sequer queimar um pedaço de lenha. Daqui até o fim, tudo que temos são as armas.

— Pois serão tudo de que precisaremos. A busca está no fim. Vejam.

Voltaram-se para o norte, a direção que Oliver apontava. Depois do platô em que estavam a trilha continuava, encravada nas irregularidades ascendentes do terreno, mas menos de cem metros adiante faixas de névoa densa e sinistra corriam de um lado a outro, ocultando tudo que havia além. Por trás das árvores e rochas mais distantes, outro espetáculo desfilava, um espetáculo que os alarmou: o dia agonizava. A luz do sol já ia vermelha e fraca, refletida nas nuvens que circundavam o horizonte, numa profusão magnífica e assustadora de variados tons. A noite e mais chuva chegariam em breve.

— O caminho segue, e após essa névoa gelada está a Torre Máxima. — As mãos ágeis do músico fizeram gestos dramáticos, enquanto ele declamava as palavras. — Juara está bem e todos ainda podem lutar. Sigamos para cumprir nosso destino.

— Sim, morrer com muito sangue e sofrimento — grunhiu Marcus.

— Ele está certo. Só podemos continuar.

E a maga, desprovida de poder, enveredou-se na neblina grossa, sem esperar por seus companheiros. Marcus seguiu-a em passos atrapalhados, com os demais logo atrás.

VI. A Torre Máxima

O discurso de Larch, o estasiástico, o maior dos decanos, ao anunciar sua renúncia e exílio voluntários:

"Vendilhões! Argentários rastejantes! Profanadores da força! Eu os nomeio traidores! Traidores da Ordem, traidores de seus princípios, traidores de seus objetivos, e o mais terrível: traidores dos nossos pais, os Deuses, que entregaram suas vidas e poder para salvar este mundo sujo, em cuja sujeira vocês se extasiam. As alterações nos princípios iniciáticos serão o fim da Ordem dos Magos. Submeter nossa Ordem às leis mundanas de eficiência e lucro, e transformar o rito de iniciação num procedimento, numa formalidade, acabarão com o encanto e a mudança espiritual que o contemplar das maravilhas de nossa tarefa causa aos noviços. E para quê? Para adequar a Ordem aos padrões de 'organização' e 'racionalidade' trazidos das pocilgas do Krulesh por contadores boçais e banqueiros famintos por dinheiro, e assim criar novos modos de aumentar o acúmulo de ouro da Ordem, que há tempos já atinge valores indecentes. Imbecis! Em duas gerações a posição de mago será somente uma carreira lucrativa para os filhos desses comerciantes e agiotas fedidos que infestam Shimandur acumularem mais dinheiro, e a Ordem definhará, mergulhada em corrupção e ganância.

"Cale-se, monte de estrume animado pela chuva, não terminei!

"Ainda não mencionei suas deliberadas tentativas de impedir que os jovens dos subúrbios possam tornar-se magos. Seus cegos! Fechar a Ordem aos deserdados, aos que mais sofrem as consequências da maldição, só aumentará a hostilidade para com vocês, e qual a finalidade dessa faca posta contra a própria jugular? 'Manter o nível moral e intelectual da Ordem' e impedir que 'certos segredos sejam conhecidos pelos ignorantes'. Ah! quanta estupidez! Quanta burrice!

"Sim, disse e digo vocês, pois a partir deste momento, eu me desligo deste antro. Eu renuncio ao posto de Arquidecano da Ordem dos Magos. Já desocupei os espaços que a mim cabiam e fiz os devidos ritos no Terraço da Solidão do Ser, assim, deste momento até o fim do mundo, assumo a condição de pária voluntário. Mas vocês se lembrarão disso com terror e impotência: eu primeiro nomeei sua nova condição, membros da Ordem, e por isso detenho um poder inextinguível sobre vocês. Partirei e livremente vou me deixar ser tragado pelo mundo, abraçando com ardor e alegria tudo o que vier a mim. Mas portarei sempre um grande poder sobre esta casa de avidez e cegueira. E um dia serei convocado para ensinar um indivíduo capaz a reordenar este lugar e recriar Shimandur. Este dia será seu fim, magos amantes da soberba e do ouro, e nele gargalharei tanto que o som de minhas risadas será a última coisa que ouvirão, enquanto agonizam.

"Inflamado pelo manah e ardendo de desprezo, eu parto. Adeus, antigos companheiros."

A brancura fria e densa da névoa os abraçava. Sentiam-se tensos e expostos, como se percorressem a escuridão mais maligna e repleta de armadilhas. Oliver e Nara, separados de Alex e Juara por menos de dois metros, mal os viam. Alex, Marcus e Oliver apalpavam o terreno a sua frente usando gravetos, antes de avançarem; Juara apoiava-se nos ombros de Alex; Nara e Marcus tinham as mãos atadas entre si.

Ali, os últimos metros antes do grande segredo, caía sobre eles o peso da jornada, e tudo tornou-se mais penoso — milhares de buracos e desníveis no solo sempre inclinado acumulavam umidade e só podiam ser sentidos, o que os obrigou a passadas por demais lentas e estudadas; o frio da neblina provocava tremedeiras nos músculos; e a noite já estava presente no céu, anunciada pelas primeiras estrelas.

Misturadas a uma vaga de cansaço, as sensações desagradáveis que o cenário provocava castigaram Oliver e apagaram sua atenção por um minúsculo instante, o bastante para ele ignorar o aviso do pé que não havia solo em dado ponto, e ele desabar na fenda larga de um dos caldeirões, oculto na armadilha dançante de névoa. O músico gritou e cobriu as têmporas com as mãos, enquanto rolava pela parede irregular até o fim do buraco.

Uma fina camada de água malcheirosa repousava no fundo do caldeirão, que recebeu o corpo roliço do músico com uma pequena explosão de sujeira. Oliver olhou ao redor. Mais névoa enchia a cavidade, ele pouco via adiante. Tentou levantar-se imediatamente. Dores suportáveis surgiram pelo seu corpo, e o mais grave ocorreu quando o pé direito apoiou-se contra o leito da fossa — o tornozelo anunciou o estrago que sofrera com tanta veemência, que ele sentou-se, as costas apoiadas na parede. Por um instante brincou com a ideia obscena de decepar o próprio pé para livrar-se de tamanha dor e riu como um demente. Somente então percebeu as vozes dos demais, deformadas e abafadas pela névoa, dançando sobre sua cabeça.

— Oliver, onde você está?

— Aqui, caí em um caldeirão. Não avancem para a direita, ou cairão também. Há quase tanta neblina quanto no nível das árvores. Joguem uma corda. Quando eu encontrá-la, dou um puxão e quando estiver pronto, puxo outra vez.

Logo ouviu a sua frente um ruído de algo pousando na água e pôs-se a tatear. Arrastou-se menos de um metro e sentiu as botas esbarrarem em fragmentos de um material rígido. Um som de borbulhar veio exatamente do ponto que seus pés tocaram, e algo espantoso seguiu-se: a névoa em um raio de dois metros dissipou-se, revelando a cena. Ao ver no que tocara, ele recuou, e suor frio brotou-lhe da pele.

Várias ossadas despedaçadas de homens, misturadas a corpos dilacerados de animais: três crânios humanos, rachados e separados das vértebras, juntos a uma pele de cobra ensanguentada, patas de gato do mato com as unhas expostas, membros de homens quebrados em muitos pedaços, mãos desprovidas de dois, três dedos em meio a lagartos e corujas mortos. Porém, estar tão perto dos restos de outros seres humanos cujo fim fora uma matança desenfreada, não causaria horror a um aventureiro que estivera presente em muitas emboscadas e ataques, e fora um dos únicos a sobreviver para contar o ocorrido; alguém que vencera duelos musicais contra os terríveis flautistas e organistas de Lotânia — assassinos e degenerados das montanhas gigantes do Oriente que engoliam os mais potentes alucinógenos como forma de buscar inspiração para suas composições sinistras —, no covil dos próprios. O que paralisou Oliver de medo foi o que acontecia aos ossos: torvelinhos e minúsculas ondas moviam-se por entre as ossadas e modificavam lentamente suas formas, os ossos golpeados pelo movimento da água fundiam-se entre si, um braço humano ligava-se a uma pata de felino, os olhos de uma coruja ajustavam-se às órbitas de um crânio. Os ossos tornavam-se maiores, mais largos, ganhavam um ar ameaçador e violento, e uma fina camada de carne escura e rançosa já se insinuava aqui e ali. Oliver estava presenciando a criação de um bando de emas ranauras...

Quando se deu conta disso, a água ao redor de seus pés criou vida própria e pôs-se a rodopiar, a agitar-se em pequenas explosões que espalhavam gotas e fedor sobre a sua pele, que ardia ao contato.

Oliver entrou em completo pânico ao deduzir o que a ardência indicava. Esqueceu o tornozelo e apalpou o ar em todas as direções, por um imenso minuto, até agarrar a corda e enlaçá-la nas mãos.

— Puxem! — berrou.

Logo estava de volta ao solo úmido e traiçoeiro, mas sólido.

Estavam tão próximos que o tocavam. Segurou as mãos deles por um momento e testou a firmeza do pé direito, após o que anunciou:

— Torci o tornozelo. Juara, ganhaste um companheiro de lentidão.

— E é assim que enfrentaremos a Torre Máxima — Marcus disse. — Cada vez mais sem armas, poderes e estropiados, meio mor...

— Em frente — ordenou Alex, calando-o. — É noite e a chuva está voltando.

Após poucos passos, começaram a cair gotas pequenas, que ficaram maiores, mais pesadas e geladas, descendo num jato. A névoa dissipou-se rapidamente, desalojada por sua irmã maléfica. Eles prosseguiram sem se abalar, pois esperavam por aquela precipitação rude: o que mais haveria a poucos metros da coisa mais terrível que grassava em todo Valesh?

A inclinação e as asperezas do terreno cessaram, e após as últimas árvores, mirradas e tortas, o cume central da floresta espalhava-se diante deles, a noite envolvendo pelo alto a sua imensidão. Era um terreno de alguns quilômetros quadrados, plano e monótono, o castanho da terra pontilhado por tufos de grama e ervas espinhosas. De algum modo, ali ainda resistia uma camada trêmula de névoa, uma cortina que começava dez metros à frente e subia por cerca de cinquenta, ocultando uma massa da qual só se viam trechos da cor do ébano.

Oliver largou o galho que lhe servia de muleta e deu três passos inseguros, parou, voltou-se para os companheiros.

— Este é o centro da Floresta dos Pesadelos — anunciou —, o lugar que os fundadores chamaram de Campo para Ver o Mar, o ponto mais alto e inacessível de Shimandur. E ali — sua mão esquerda estendeu-se e ficou rígida — vive, prospera e atormenta, a Torre Máxima. Mas nós vencemos seus mortais cães de guarda e agora conheceremos seu segredo, sua fonte de poder, que será desfeita!

Sua voz cresceu em altura e insanidade a cada sílaba, e quando terminou havia um buraco na névoa, revelando um paredão vertical de rocha negra coberto de correntes de água, grossas e vivas como seiva. Por muitos anos todos eles convenceram-se de que o poder ali residente dissipou a névoa num gesto de zombeteira gentileza, como um carrasco que mostra sua face à vítima, pois a abertura crescera a cada palavra que Oliver dizia, seguindo o ritmo uniforme e articulado da fala do músico numa sincronia arrepiante.

O músico percebeu o espanto de seus companheiros, olhou para trás e retornou a eles, tão trêmulo quanto.

Sem aviso, um vento muito gelado e cortante caiu sobre a pequena planície, silvando enquanto os golpeava com mais chuva fria. O que restava de névoa se desfez no ar em segundos, e a Torre Máxima surgiu, enchendo os olhos dos humanos. Era um imenso bloco que aflorava da terra e subia por quinze metros, estreitando-se da base, de mais de dez metros de largura, ao topo, que terminava numa plataforma que dominava toda Shimandur. Feita de rocha negra e de textura lisa, era repleta de ranhuras, irregularidades, rachaduras, buracos, ângulos. Logo à frente elevavam-se por vinte metros três colunas esculpidas numa rocha marrom muito gasta pelo tempo, tão gasta que a imensa idade das colunas era evidente. Havia outra coluna em cada lateral. Os poucos fios de névoa que circundavam essas colunas desapareceram; no topo de cada uma surgia uma labareda firme e intensa. Emanava desse conjunto uma imponência e solidez que escarnecia e também maravilhava os cinco aventureiros: essa era a Torre Máxima, a epítome de um lugar agreste cheio de formas, cores e cheiros pestilentos. Como o escudo verde que a rodeava, era um monumento maculado.

Todos inclinaram o pescoço para cima e esperaram, mãos firmes nas armas, que os últimos fios de névoa sumissem. Se as lendas e as histórias fabulosas, repetidas ao extremo por todos os cantos da cidade da chuva, fossem corretas, a Torre era apenas o abrigo da verdadeira fonte da maldição. Essa fonte deveria aparecer em breve; a presença deles, intrusos que venceram todas as armadilhas e protetores que cercavam aquela rocha gigante, assim exigia, e eles o sabiam.

Oliver, o único homem vivo que chegara perto da Torre, era a confirmação desses relatos, lendas e terrores, pois vira algo grande se mexendo entre a brancura. E foi para ele a pergunta de Alex, feita com voz estridente, num esforço para vencer o ruído da tempestade:

— E agora, o que faremos?

— Olhem, algo está vindo! — apontou Nara.

Uma forma de cores vivas, grande e pesada, surgiu num passo lento e seguro. Quando alcançou o limite da Torre, brilhou na noite chuvosa, exibindo seu esplendor impossível. Tinha partes e trejeitos de ave e de serpente e media vários metros. A cabeça de águia, coberta de penas brancas, terminava num bico amarelo ameaçador, cuja ponta brilhava de umidade. O corpo de réptil terminava em uma cauda longa e grossa, todo coberto por escamas douradas. Asas enormes saíam-lhe das costas, suas penas de um escarlate tão intenso que doía em olhos mortais. Duas pernas, humanas na forma mas não no tamanho, e terminadas em pés de ave de rapina, sustentavam esse corpo repleto de vitalidade.

A criatura parou, as garras amarelas dos pés fincadas na borda da rocha negra, e gritou para a chuva com clara satisfação, os enormes olhos pregados nos raios que fendiam a noite. Com calma e uma majestade além de toda descrição, ela abriu ao máximo as asas para receber a água que vinha das nuvens. Assim ficou por algum tempo, emitindo claros gemidos de prazer, enquanto a água encharcava suas penas — e os pequenos invasores se bestificavam diante do seu banho. Por fim, a ave-serpente recolheu as asas e calmamente dirigiu seus olhos aos invasores, cuja presença e intenção já lhe eram de todo conhecidas. As íris negras salpicadas de brilhos de todas as cores irradiavam tudo o que a criatura era e possuía. Brilhavam naqueles olhos imensa consciência de si e do que lhe cercava, além de inteligência e sagacidade. Todas essas coisas de uma natureza que nada invejava ou queria da humanidade, que zombava dos homens, de seu egocentrismo e de seu triunfo. Era um ser antigo, inumano e enorme, postado com tranquilidade e firmeza na beira do abismo em cujo fundo havia o infinito e o eterno — a criatura era uma porção sólida destes e sabia.

Jamais Nara sentira-se tão fraca, indefesa e pequena, nem mesmo em seus frágeis anos de menina-criança, antes de o manah lhe tomar o corpo e espírito. Estremeceu, ondas de calafrio reverberando por sua pele e músculos. Recuou, e de sua boca saiu uma única palavra, distante, quase inexistente:

— Garuna...

Oliver voltou-se para ela, e em voz baixa perguntou:

— Sabe quem ou que é isso?

— Músico, o segredo da Torre Máxima está à nossa frente e eu lhe digo: nós não conseguiremos romper a maldição e duvido que alguém ou algum poder que ainda existe neste mundo possa. — Uma pausa e ela continuou, as palavras seguintes dirigidas ao ar e à própria Torre: — Arbus, o ardiloso, teu epíteto mais uma vez se confirma. Eu me curvo a sua...

— O que é essa coisa? Responda! — exigiu Alex, furioso.

— Não fale assim, vivente, ou ela... — Nara disse.

A maga encolheu-se e uma careta de pânico surgiu em seu rosto. Os demais reagiram do mesmo modo diante da cena: as tochas cuspiam uma carga de fumaça densa e azulada, que envolveu as colunas em rodopios que se mexiam como se feitos de carne. As três arruinadas peças responderam à convocação e tremeram, arremessando jatos de pó e cascalho até sua consistência e textura mudar. As tochas morreram tão rápido como surgiram, e onde havia três colunas de idade incalculável agitavam-se três grossos e enormes corpos de serpente, de pele marrom e malcheirosa, sem cabeça, mas cujos movimentos ameaçadores feitos na direção deles denunciavam sua inteligência e intenção.

Sem tirar os olhos das colunas-serpentes, Oliver acendeu o pavio de uma bomba e atirou-a contra uma delas, que arremessou a esfera na direção das árvores, num golpe quase invisível de tão veloz. A serpente do meio jogou-se contra eles, que se dispersaram de qualquer maneira. O choque do corpanzil contra o solo produziu um tremor e um estrondo que se misturaram à explosão da bomba e ao rugido dos trovões. O monstro retornou a posição de repouso e eles levantaram-se, empunhando carabina, bomba, faca, o que portavam, para uma luta sem tática.

Excitadas pela valentia dos invasores, as serpentes retorciam-se e preparavam o segundo ataque, mas Alex conseguiu disparar antes. A carga abriu rombos no dorso de duas, espalhando nacos de carne escura e enlouquecendo as demais. A mais próxima golpeava o ar em espasmos contínuos. Aos pulos, eles procuraram se afastar. O tornozelo arruinado de Oliver limitou sua velocidade, e o corpo rijo e pesado de uma aberração atingiu seu peito. Ele foi atirado ao chão, e um som que poderia ser a própria agonia final escapou da boca torcida.

Antes que a coluna-serpente esmagasse o músico, Alex e Juara dispararam uma rajada espessa, que a deteve o bastante para que Nara e Marcus amparassem o homem em seus ombros e o arrastassem para longe.

Nesse momento, Alex viu algo pouco adiante, à esquerda, na direção da traseira da Torre Máxima: uma calçada de pedras chatas que levava a uma apertada e rústica construção, erguida em blocos da mesma rocha na qual a Torre Máxima fora forjada. Não passava de um cubículo feito de blocos encaixados às pressas, as paredes tortas e uma abertura central que parecia rasgar a pedra. Ao ver aquela forma escura projetando-se contra o clarão dos relâmpagos, imaginou que o manah respondera à cascata de emoções desesperadas que eles deitavam no ar pesado de magia. Deixou a ideia de lado e apontou para o abrigo, soltando um som indistinto e selvagem. Os demais compreenderam de imediato e para lá correram, enquanto ele lançava contra as serpentes todos os explosivos que ainda portava. Antes de debandar, seu último movimento foi sacar o facão e introduzi-lo na criatura mais próxima, até o cabo.

Indiferente ao combate, a ave-serpente continuava a deleitar-se com a chuva, asas abertas e bico escancarado erguido às nuvens, enquanto a língua fina brincava com as gotas.

Alex rolou na direção do abrigo, as colunas vivas arremetendo contra ele. Ao erguer-se, esbarrou em alguém e voltou-se para espiar o exterior. A serpente estava quase livre do facão, por meio de contorções que cessaram assim que ela percebeu o olhar do adversário. Sua extremidade chegou a menos de um metro da abertura, tremendo de fúria. Ela esticou o corpo o máximo possível, numa tentativa de invadir a casinhola e atingir Alex, que pulou para trás.

Num puxão áspero, Juara levou Alex pelo braço para o canto em que se amontoavam. Ele acomodou-se entre o índio e Marcus, e examinou o lugar. Úmido, escuro e tenebroso, não possuía janelas. Tinha as dimensões de um quarto médio, dividido em dois vestíbulos por uma parede fina, em cujo centro havia um buraco irregular, para dar passagem ao aposento contíguo. O teto estava a menos de dois metros do chão de barro seco coberto por uma ou outra laje de pedra. Uma vela fincada no centro rompia a escuridão, porém não o bastante para espantar a atmosfera de desgraça que reinava. O tamborilar da água e o estrondo dos trovões soavam com toda força.

Incapaz de pensar ou dizer qualquer coisa, Alex observou os demais perdido de si mesmo, movido por algum impulso apenas mecânico.

Empastados de lama na roupa e cabelos, pareciam transpirar inquietação e medo: Oliver estava deitado no chão, o rosto lívido e coberto de suor; Juara, a seu lado, tinha os olhos presos na chama amarela da vela; Nara pouco ficou sentada; algo a incomodava e ela caminhava até os cantos, espiava os arredores. Marcus vasculhava o interior de uma bolsa de pano presa em seu peito. Logo achou o que buscava: um frasco escuro, que agitou até seu conteúdo ficar espumoso. Depois passou-o a Oliver e disse:

— Beba tudo. É um analgésico, para aguentar a dor. A propósito, como se sente?

O músico andante apalpou levemente a região atingida pelo golpe, e seus gemidos soaram fortes. Recuperou o fôlego e respondeu:

— Pelo menos duas costelas quebradas.

Apanhou o frasco e derramou o conteúdo pela garganta. O silêncio veio em seguida e tornou-se tão pesado que Juara falou apenas para quebrá-lo:

— Quem construiu isso? Esquisito, esconderijo parecia estar esperando nós.

— Tem razão, Juara, muito estranho. — Alex estudou o rosto e atitude dos demais, e inquiriu: — Ainda estamos vivos. Então, o que faremos? Nara?

Apoiada contra a parede, observando a Torre e suas guardiãs, ela respondeu sem mover a cabeça ou desviar os olhos:

— Este lugar é maravilhoso e terrível. Todo manah que existe em Shimandur passa por ele, aqui se acumula e torna a fluir. Há tanta energia criadora correndo aqui, que um ser de grande imaginação poderia criar seu próprio Cosmonima.*

— Estamos cansados desses nomes de mago, seja clara — resmungou Alex.

— Esqueça isso, vivente.

Ele encarou-a e continuou:

— Não, nada de esquecer. Vamos *lembrar*. Você chamou esse monstrengo de algo, sabe o que ele é. Os magos conheciam o tempo todo a origem da maldição,

* *Uma tentativa pobre e insuficiente de traduzir um dos termos do jargão dos magos mais complexos e ricos de sutilezas em seus possíveis significados. Segundo a tradição da Ordem, essa palavra designa a totalidade dos aspectos do mundo e do ser que cada um dos Deuses Doadores não somente controlava, mas era manifestação consciente, presença viva. Após a partida dos deuses e o surgimento dos magus, o termo passou a indicar simplesmente a porção da realidade sobre a qual o poder de cada um destes era mais influente, de acordo com o deus que lhe dera o controle sobre o manah. Os magos de Shimandur não usam essa palavra de modo despreocupado ou leviano, pois é considerada muito "carregada" e "perigosa". Somente aos decanos mais idosos é reservada a honra de utilizá-la, obedecendo a uma regra: o decano pode se referir ao seu estágio de conhecimento e poder sobre a magia como tal somente depois que outro decano afirmar, perante outros membros importantes da Ordem, que ele alcançou esse estágio. Os casos de desrespeito a essa regra foram poucos, de graves repercussões, e tornaram-se proverbiais.*

não é verdade? Que coisa é essa aí fora? Vamos, Nara, é melhor contar o que sabe.

Seus poucos anos, a ânsia de que fossem mais, e a sensação de que os ganhara nesse momento, tudo isso caiu de uma vez sobre Nara. Ela lamentou não estar vestindo sua capa hipnótica tingida com a tinta secreta do vermelho inebriante, que tremulava de acordo com seu estado de espírito e contra a qual pouquíssimos seres racionais poderiam resistir. Voltou-se para Alex — e para os demais — e entregou-se ao embate:

— Essa criatura de brilho e esplendor é Garuna, ou Aquela que Enche os Ares, ou ainda a Montaria dos Deuses, entre centenas de outros nomes. Alguns até afirmam que era um deles, o deus que presidia as alturas maiores, os topos e cumes dos locais de poder. Era — ainda é, como nós experimentamos — um ser perigoso, dado a fúria destruidora, que espalha tormentos sem explicação; usava tudo que aprendeu no convívio com os deuses para apanhar inimigos ou infelizes que passavam por seus olhos, durante voos que duravam dias e noites inteiros.

Os olhos da maga brilhavam, como se ela, sentada no dorso da ave, tivesse presenciado os eventos que enumerava.

— Esses seus deuses são uns tipos bem doces e simpáticos, hã? — comentou Oliver, sem receber resposta.

— Após a partida dos deuses, que a deixaram para trás sem pestanejar, ela ficou ainda mais terrível — Nara continuou. — Estava solitária e desorientada e fez coisas medonhas. Os Magus foram chamados e tiveram dificuldades em contê-la, até que um dia ela desapareceu na neblina que cobre o Solar dos Sonhos Perdidos, no Velho Oriente. Isso aconteceu há quatrocentos anos. Desde então, foi apenas uma lenda, conhecida apenas pelos que trilham as veredas do manah.

— E por que ela está aqui, qual seu papel na maldição da chuva?

— Garuna foi admitida no círculo das divindades após criar e utilizar um encanto que devolveu à vida os cadáveres das Serpentes Faladoras, antigas companheiras de um dos membros do panteão; ela usou água pura como elemento material,* criando assim o ramo da magia baseado nas propriedades da água. Vocês compreendem o sentido? Um novo feitiço, uma nova escola de magia é parte daquele que a criou; a maldição da chuva é uma expressão da existência de Garuna no mundo, é uma expressão de seu ser. Enquanto ela existir, os ossos e carcaças caminharão sobre Shimandur. Sinto nitidamente a quantidade de manah que a presença dela movimenta. Ah, se vocês pudessem ver e sentir: vejo o ar cheio de fios coloridos que aparecem e desaparecem, e a terra está coberta de milhares de pequenos lampejos. Espantoso é que Arbus tenha achado um jeito de mantê-la num único lugar, ou talvez a convencido.

— Para livrar Shimandur, então devemos... — Alex balbuciou.

— Ohhh, grandes e corajosos aventureiros, eu os saúdo! — ela gritou, e desfez-se em gargalhadas. Recuperou o ar e continuou, os olhos úmidos e as faces vermelhas: — Meus adoráveis bravos, pretendem matar um deus com pólvora e facas? Ela é eterna e intocável para nós mortais. E mesmo que conseguissem algo — queimar, despedaçar — ela voltaria instantaneamente, pois está aqui, desfilando seu poder, por causa do tipo de gente que os shimandurianos são, porque eles assim o desejam.

Uma careta de horror e incredulidade surgiu na face de Alex.

---

* *Qualquer coisa que possa ser dividida em porções descontínuas — líquidos, pó, terra, lascas de madeira, cascalho, cinzas, etc. — e assim ser aspergida, enquanto o mago recita as palavras do encanto (elemento sensorial) e executa os gestos (elemento somático) que simbolizam e deflagram a manipulação do manah.*

— O que está dizendo? Está louca?

— Louca é Shimandur e seu povo. Pensem, vocês dois, heróis que decidiram esta aventura convencidos de que uma coisa ruim veio de longe estragar a vida de um povo trabalhador e bom. — Seu dedo apontou primeiro Oliver e depois Alex, enquanto as últimas palavras vibravam de ironia: — Pensem nos costumes e no caráter desse povo.

— Pensar sobre o quê?

— Sobre o misticismo presente em tudo, em todos os momentos, sufocando a vida — ela disse. — Nada é feito sem antes uma simpatia, um bruxedozinho, um presente aos espíritos. Um bebê nasce e ao redor de seu berço são colocadas mais proteções contra inveja e mau-olhado do que brinquedos e roupas. Um homem adoece e sua pobre mulher faz o quê? Procura saber se uma antiga namorada jogou uma praga nele, antes de ouvir um médico. Quantos templos e ofertórios comandados por charlatães que exploram o povo estão espalhados nas ruas? Quantos tipos de simpatias baratas, poções fajutas e amuletos falsos são encontrados nas barracas que infestam as calçadas? Vocês já viram uma oração coletiva para curar uma vítima da chuva: símbolos e objetos de uma dúzia de credos, dois ou três tipos diferentes nas mãos da mesma velha lamurienta. Nunca pensaram nas consequências que isso traz à cidade?

Oliver procurou a postura mais ereta possível — desistindo de imediato — antes de falar:

— Mocinha, eu conheço esse discurso há décadas. Em seguida você vai mencionar a grosseria e falta de sutileza do povo shimanduriano, explicará que tudo isso produz um manah sujo e baixo, e que vocês magos vivem uma vida extenuante, de trabalho duro, refinando essa sujeira psíquica que o povo faz. E conheço a finalidade disso: provar que os magos devem continuar a ser elite e o povo a ser povo.

Sem demonstrar abalo, ela respondeu, sorrindo:

— É fácil perceber como a amizade entre você e rapazes que poderiam ser seus filhos surgiu em tão pouco tempo. Você tem um entendimento juvenil das coisas, músico, ainda pensa como um rapaz.

— O que eu tenho é indignação e desejo de fazer algo por Shimandur.

— E assim ficar limpo com seu passado — rosnou Marcus, ignorado como um sussurro do vento.

Alex deu dois passos, ficando de frente para Nara.

— Isso é muito interessante. Fale mais sobre o poder que o povo tem sobre o manah. Nara mediu-o, enquanto escolhia as palavras. Alex era sagaz, atento e decidido. Embora existisse amizade entre eles, era um inimigo em potencial e sobre o qual parecia arriscado lançar algum poder ou charme, principalmente com Marcus, uma besta ciumenta, por perto. Porém... — O que é o manah, de onde vem, é um dos mistérios que dão valor à existência do mundo e à vida — ela disse. — No entanto, o que o põe em movimento já é conhecido dos magos, investigadores e filósofos da natureza há longo tempo. É a imaginação, a criação de imagens, seres e nomes. Manah é o poder de criação. Cada vez que alguém imagina algo ou dirige seus pensamentos a algo já imaginado por outros, movimenta o manah, cria fluxos que, corretamente utilizados, permitem a magia.

— E também permitem que uma casta domine, enriqueça e se perpetue — Oliver disse.

A convicção de ser o que era e a indignação contra a revolta pueril do músico deixaram Nara rija. Sua mão apontava para a escuridão da noite.

— Serei obrigada a descrever cada princípio, cada componente da natureza, até vocês se convencerem da impossibilidade do que intentam? O que as pessoas comuns cometem precisa ser contido e transformado, ou a vida em Shimandur seria um pesadelo. Sabem o que aconteceria se o manah corresse solto, sem controle? Este lugar que há horas tenta nos destruir é uma minúscula amostra do que a cidade seria. E o que vocês sabem da história da cidade? Conhecem as coisas que aconteciam aqui, antes da fundação da Ordem?

Alex e Oliver entreolharam-se, claramente intrigados e confusos pela torrente que era despejada sobre eles. Não obstante, Alex continuou a interrogar:

— Afinal, o que o homem comum faz de tão grave?

— Movimenta o manah sem dar-lhe uma direção, e isso é a coisa mais perigosa que pode ser feita com ele, meu caro Alex. Homens simples e grosseiros não criam, apenas evocam imagens cada vez mais vazias da beleza original, e cujo sentido ou ligação com a natureza esqueceram. Uma vez em movimento, esse manah tem que ser dirigido a um fim. Solto e instável pode tornar real a primeira manifestação do caos* que o apanhasse: raiva, ódio, rancor, luxúria violenta, medos antigos. Imagine uma cidade em que tais coisas são sólidas.

— Está dizendo que o próprio povo é responsável pela maldição?

— Shimandur é uma cidade de místicos baratos! — ela exclamou. — E as pessoas são, sim, responsáveis. Só existe magia onde existe uma crença coletiva nela, esse é um dos princípios que a regem. Incrível alguém que afirma ter visto os bruxos da Terra da Noite desconhecer esse axioma.

— Incrível um bando de egoístas que diz conhecer os segredos da vida ser tão insensível ao sofrimento que causou à vida de todos, inclusive a deles mesmos — disse Oliver.

— Não criamos a magia que pulsa em Shimandur, já disse!

---

* *Devido a um virulento ódio a qualquer forma de maniqueísmo, os magos jamais utilizam a palavra mal, empregando, quando absolutamente necessário, caos em seu lugar.*

— Mas vocês a mantêm, a conhecem e usufruem disso — o músico disse. — Liberem esse poder aos "homens comuns" e verão do que eles são capazes.

— Andante, não discutirei mais. Esse assunto está terminado. O que devemos fazer, e logo, é sair daqui. É claro que já pensei nisso, ou melhor, estar aqui, no centro do manah, empurra meu espírito a pensar nisso, sou obrigada a planejar nossa escapada.

— Chega desses enigmas, seja clara no que diz — Marcus pediu, irritado.

— O manah flui para este lugar porque Garuna é uma espécie de ímã absoluto para ele — Nara explicou. — Seu espírito, cheio de lembranças e sabedoria, feito de imensidões, vales e elevações sem fim, e de outras coisas mais, coisas que até mesmo eu não ouso tocar ou imaginar, dá direção e forma, organiza o poder criador. Ele flui para cá porque sempre busca isso: um espírito que o manipule, que o organize, pois deve se integrar à vida e aos ritmos e fenômenos da natureza. Garuna é, não há mais dúvidas, um deus, a primeira coisa na escala cósmica que atrai o manah. A segunda é um mago. — Ela abriu os braços. — Aqui estou, viva e sã. Há tanto manah aqui na Torre Máxima que até uma reles estudante como eu pode se afogar nesse mar fervente primordial. O manah está tentando me penetrar, neste momento ele força as barreiras da individualidade e da razão que o impedem de inundar meu corpo e espírito, para engolfar meu ser primordial, minha ligação com o universo.

— E isso é perigoso para você? — Alex perguntou.

— Sem a devida preparação, é fatal. Estamos no núcleo mânico de Shimandur. Aqui, um mago deve realizar os devidos rituais, que o preparam para receber o poder criador, ou terá corpo e espírito despedaçados. Se agir corretamente, incorporarei com segurança manah bastante para um último feitiço, que nos tire daqui. Vou para esse aposento, que parece erguido para isso. — Ela olhou em torno. — Por sinal, este casebre todo parece ser uma minúscula fortaleza que algum mago esquecido levantou, enquanto buscava o segredo da floresta, não imagino outra explicação. Ali repetirei os gestos que os Deuses ensinaram aos Vintesete. Procurem o silêncio, enquanto eu trabalho.

Diante de Alex e os outros, Nara abriu sua mochila, tirando de lá uma sacola de seda negra que emitiu uma série de sons curiosos ao ser manipulada, um tilintar estridente, pancadas secas, choques entre pedras exóticas, metais vários retinindo. Depois, ela esgueirou-se pela passagem que dividia o abrigo e então tudo o que ouviram foi o ruído de vários objetos de encontro ao chão, algumas pesadas inspirações de ar, e o silêncio, misturado às sombras opressoras.

Lento e pesado, o tempo passou. Juara e Oliver adormeceram logo, Marcus permaneceu na mesma posição, olhos fixos à espera da amada, e Alex, a cabeça o mais exposta que poderia estar, vigiava a Torre, suas guardiãs e os elementos. A névoa voltou, para esconder a Torre e sua ocupante, as colunas-serpentes pareciam em repouso, eretas e imóveis, destacando-se contra a silhueta negra das árvores. A chuva por fim morreu, o vento se diluiu numa brisa suave, e partes da noite, cravejada de estrelas, eram vistas entre as nuvens, que corriam pelo céu. A placidez do momento deixou Alex ainda mais tenso, pois não combinava com os acontecimentos do dia e muito menos com a batalha silenciosa que Nara travava, a três metros de distância deles.

Marcus pôs uma vela nova no lugar do toco agonizante, Alex olhava para dentro e para fora, os outros descansavam. E assim mais de duas horas correram, até Nara retornar. Ela veio pelo buraco de um jeito pouco elegante, buscou o apoio da parede e os encarou por um único momento. Os pés pequenos e graciosos tocavam o barro, pois tirara as botas; o cabelo estava solto e desalinhado; seu rosto vermelho nas maçãs e pálido no resto. Os olhos não portavam boas novas.

Alex, assim que a viu, correu a acordar Oliver e o índio.

Nara falou sem dirigir o olhar a qualquer um deles em especial.

— O ritual e as palavras que permitem receber o manah numa situação ordinária não bastaram aqui. Este ponto da Floresta é carregado numa escala inimaginável. Apenas coloquei os símbolos ao meu redor e uma onda tão forte veio e buscou penetrar-me, que por muito pouco não fui literalmente derretida. Mesmo assim, tentei capturar uma porção suficiente para o feitiço, que não me destruísse. Foi como tentar parar um incêndio com espirros.

Eles não tinham palavras, o relato provocou em Alex um sentimento desconhecido, uma fusão de desapontamento, desespero e passividade que não ele conhecia e não sabia nomear ou expulsar. Nara falou novamente, no silêncio de todos:

— Mas ainda não estamos condenados. Há um último modo. Um meio que não é um ritual, não é limitado por palavras e gestos definidos que restringem o contato com o manah. É uma celebração, que me dará o que preciso. O meio que me pôs em contato com o manah e me fez maga.

Aparentemente despertado por essas palavras, Marcus deu dois passos e ficou à frente dela.

— Portanto devemos ir ao cubículo, e nos deitarmos... — disse, empertigado.

— Não com você, pois não será adequado — Nara explicou. — Já trilhei os caminhos de seu corpo muitas vezes, conheço-o bem demais, você não me serve como antes. Deve ser novo e intenso, ou de nada servirá. Devo repetir minha iniciação, mas trilhando um caminho diferente, com um novo corpo. Portanto, me deitarei com outro. — E dizendo isso, apanhou Alex pelo braço e o empurrou na direção da passagem tosca da parede central.

Nervoso, uma expressão infantil no rosto, Marcus se pôs entre eles. Enfurecida, Nara usou daquela autoridade que ele jamais contestava, numa voz de ferro:

— Saia da minha frente e não ouse interromper mais. Estou fazendo isso para nos salvar, seu parvo.

Alex viu Marcus afastar-se com lentidão e desabar ao lado de Oliver, ali ficando sem mover um dedo, admirando o nada.

— Vamos — Nara comandou a Alex, ainda segurando seu pulso.

Tão perdido quanto seu amigo, ele apenas esgueirou-se pela passagem após Nara, que apanhava dois retângulos de algodão bege da mochila, empurrá-lo e repetir a ordem.

O segundo cubículo em nada diferia do outro quanto ao tamanho e aspecto. Quatro velas postas em cada vértice afastavam a escuridão, os objetos de poder da maga estavam empilhados num canto e o odor do incenso mais exótico e acre que ele já sentira infestava o ar. Alguns buracos estreitos medravam na parede voltada ao sul, revelando as luzes noturnas da Fortaleza dos Fundadores, as tochas que noite após noite eram colocadas nos pontos cardeais, e os enormes faróis das torres, que iluminavam o manto esgarçado de nuvens brancas no céu e as imensas vidraças dos prédios da região sul.

Imóvel, sem nada dizer, ele observou-a pregar o tecido na parede, fechando a passagem com duas estacas de ferro que tirou do bolso. Em seguida estendeu o outro lençol no chão, ajeitou os cabelos, e chegou perto, bem perto. Observou-o por um instante, um olhar de fêmea avaliando os atributos de um macho, tão segura de si e decidida que causou uma estranha timidez nele.

Um suspiro saiu dos lábios entreabertos e brilhantes da garota e atingiu o rosto de Alex. Estava cheio de calor e ele sentiu esse calor penetrar seu corpo, despertar seu desejo, deixando-o pronto para o que viria.

As mãos de Nara subiram até seus ombros num movimento sinuoso, e abriram os fechos das alças do macacão. A seguir deram um puxão e o traje desabou lentamente, acompanhando suas palavras:

— Seja homem como nunca foi, pois nossa salvação depende do que fizermos aqui.

A nudez dela surgiu nítida e brilhante em meio às sombras, como se a luz débil das velas crescesse em culto a tanta beleza: o cabelo castanho claro, liso, grosso parecia, ali, tão erótico quanto o resto do corpo; os lábios estavam somente um fio entreabertos, úmidos e brilhantes mesmo na penumbra; seus olhos eram pura lascívia, emoldurados por cílios de boneca; os seios eram rijos e perfeitos, esferas doces de pele alva e lisa circundando mamilos vermelho escuro intumescidos. O ventre e as coxas eram curvas que levavam a um púbis róseo e delicado, em que uma penugem escura apenas se insinuava; um perfume suave, natural, o cheiro de uma menina-mulher misturava-se ao odor mais agressivo de uma fêmea cheia de desejo, banhada aqui e ali pela luz modesta das velas. Alex admirou toda essa beleza perfeita e sem exageros, e concluiu que seria muito fácil liberar toda sua masculinidade, tendo tal companhia. Livrou-se das roupas, estendeu os braços, tomou-a e foi ao chão com ela.

O modo como ela o recebeu deixou Alex desconcertado. O furor da maga aumentava a cada carícia, beijo, toque; ela conduzia o movimento e contato de seus corpos usando gestos e posições que ele não imaginava existirem; montada sobre ele, corcoveava em seu membro de uma forma que a fricção de suas nádegas contra o ventre dele era tão prazerosa quanto a própria penetração; sua língua passeava pelo corpo viril do rapaz de dezesseis anos, cobrindo-o de saliva e revelando-lhe pontos de prazer que ignorava por completo até então; suas mãos retesadas empurravam a boca sedenta de Alex por seu corpo afora, exigindo que fizesse o mesmo, até os músculos jovens e firmes da boca queimar e enrijecer pelo esforço que nunca parecia saciar Nara; a seguir, ela deitava-se no tecido já encharcado e o chamava com um gesto das mãos semelhantes a uma cobra, para acomodar-se por cima, a posição mais prosaica, mas que ganhava uma intensidade impossível.

O prazer crescia a cada minuto e ele empregava o máximo de seu vigor e experiência, pois tudo que quis durante essas horas em que o tempo desapareceu era que ela sentisse o que ele sentia, embora por vezes lampejos da consciência desperta o alertassem de que o contínuo de gemidos e sussurros que ela entoava poderia pouco dever ao fato de ele ser seu parceiro, de que ele era pouco mais que o instrumento mais polido e brilhante que ela escolhera numa bancada de materiais.

Houve dois intervalos de pouco minutos, em que, após afastá-lo, ela ajoelhou-se na terra e moveu a cabeça numa série de movimentos hipnóticos e ritmados, enquanto arfava. Então abria os olhos e, ainda insatisfeita — ou assim lhe parecia —, buscava-o com o desejo aumentado, suas unhas fincadas nas costas dele.

A terceira vez foi a mais intensa: ela movia a ambos num ritmo frenético e violento, em que prazer e dor não se distinguiam. Mas, de súbito, ela interrompeu o movimento, parou o beijo, jogou-o para o lado num repelão, e lhe deu as costas. Desnorteado e ofendido, ele sentou-se, as costas perfeitamente retas, e por simples acaso, ao girar a cabeça viu o espetáculo de luzes noturnas da cidade, qual uma joia descomunal, atravessando as rachaduras. E os pensamentos irromperam como explosões: que situação em que estava, tão absurda! Ele ali, apenas assistindo a sua cidade sofrer, ele que queria salvá-la, sentado e entorpecido de prazer, no coração do lugar de onde a maldição partia — sua tia ferida, lá na distância, deixada sozinha, mais uma vítima do manah, o poder que ele e muitos não suportavam mais, poder a todo momento citado, convocado, ofendido, o poder que corria por tudo, em ondas que davam vida a ossos e carniça, ondas que engoliam a ordem do mundo, enormes como as do prazer imenso que Alex provara com Nara, enormes como as de uma inundação. Ondas. Ondas de prazer, ondas de poder, como Nara tanto falava. Nara, a linda garota com quem se deitara há pouco e sentira mais ondas de...

Um choque surgiu na espinha e por ela correu, até abrir-se em uma explosão no seu cérebro que pulverizou todos os pensamentos e reflexões. Seus olhos arregalaram-se e as luzes que queimavam na distância mudaram de amarelo-branco estático para pulsos de várias cores ardentes, que iam e vinham: branco puro, verde, violeta, um verde mais intenso, um amarelo que esmaeceu, branco de novo e por fim uma sequência de verde, violeta, vermelho, verde, que repetiu-se até provocar uma vertigem e sua visão perder-se; tudo agora piscava em verde, violeta e vermelho. Outro espasmo surgiu, porém muito diferente, uma onda de dor tão intensa que congelou seus nervos e músculos: nem mesmo gemer e dar voz à sensação era possível. Desapareceu em segundos, deixando para trás algo tão terrível quanto — uma energia vibrando pelo corpo, cada parte, por menor que fosse, fervilhando; a cabeça pesava muito, parecia se queixar de uma bebedeira.

Alex contraiu-se, em pânico. Ensimesmado pelo medo, mal ouviu a lamúria de Nara:

— Grande Aion, está tudo errado. Tive o êxtase celestial que só é alcançado através das profundezas do corpo por três vezes, fizemos todas as coisas que homem e mulher podem numa só noite, eu estou exausta, e nada. O manah não me penetrou, só alguns estalos fracos lampejavam e iam. Há pouco queria me dissolver nos seus caudais e agora zomba de mim. Como? Por quê? — A voz da garota soava como a de uma megera encarquilhada. — Sou uma maga da Ordem, como ele não me visita? Revivi o dia em que desabrochei para minha condição, mas nada, nada de brotos de energia pelo corpo, de cores pulsando.

— Cores, você disse cores?

A mão dele apanhou o pulso esquerdo dela e o apertou.

— Solte, está doendo. Sim, eu disse cores, cores que surgem de lugar nenhum e dançam nos olhos.

— Eu vi cores como essas, e agora sinto uma coisa me queimando por dentro. O que é isso?

Desnorteada, Nara fitou Alex. As duas mãos levantaram-se numa lentidão filha do medo, e tocaram a fronte do rapaz. Os olhos da maga cerraram-se, para se arregalarem um segundo depois.

— O manah está em você — ela balbuciou. — Ele entrou em você; buscou aquele de nós dois que ouviu o murmúrio de seus caudais. Você despertou, e agora é um dos Elevados. O manah procurou-te.

— O que você diz? Que o poder está em...

— Vista-se, o tempo é curto.

Atirou-lhe suas roupas e num instante vestiu o macacão e as botas. Depois jogou seus objetos na bolsa, arrancou a cortina improvisada e ambos passaram ao outro aposento.

Oliver e Juara tinham voltado a dormir, o índio roncava. Marcus demorou a percebê-los; apenas moveu a cabeça, os olhos tristes parecendo ignorá-los, e voltou à sua pasmaceira.

— Acordem todos vocês! — berrou a maga a plenos pulmões.

Ergueram-se num pulo.

— Sua celebração a dois funcionou? — perguntou o músico, cheio de malícia.

— Sim. Um resultado inesperado, mas que servirá. Agora, heróis de Shimandur, aproximem-se, fiquem bem perto de nós.

Cumpriram a ordem com uma lassidão que Nara aceitou com calma, afinal, todos tinham o corpo (ou espírito) ferido.

Quando todos se apertavam no centro do cubículo, o maga estendeu a mão para o músico.

— A bússola.

Oliver enfiou a mão no bolso da calça e pôs o instrumento na palma aberta a sua frente. Em seguida, Nara voltou-se para Alex, até que suas testas se tocassem, e deu as ordens numa fala pausada e nítida como o brilho de cristal:

— O manah está em você, portanto só você pode tirar-nos daqui. Mas vou guiar seus passos. Faça tudo que eu mandar, do modo que eu disser. Não sinta dúvidas nem incertezas, ou estaremos perdidos.

Um movimento da cabeça quase imperceptível comunicou que ele entendia e concordava. A presença dela era a única coisa do mundo exterior que ele percebia com nitidez, tudo o mais estava baço, indefinido. Sentia-se consumido por um fogo que lhe corria por todas as células do corpo; cores explodiam e mudavam num ritmo tão veloz que ele não as identificava; minúsculos choques elétricos irrompiam-lhe aos milhares pela pele.

A voz dela voltou, como luz na escuridão:

— Olhe para sul e pense. Imagine a Fortaleza dos Fundadores, as calçadas apinhadas de gente da Grande Alameda de Shimandur, em que as Torres se aglomeram. Pense em sua casa. Desenhe tudo isso em sua cabeça e deseje estar lá, deseje levar todos nós para lá. — Uma minúscula pausa. — Agora toque as paredes com as mãos e pense que este abrigo é nosso transporte, que ele é transformado, por sua vontade, numa esfera oca que corre sobre a terra, veloz e poderosa, todos nós em seu interior. Imagine isso! Deseje!

As mãos de Alex tatearam na escuridão até sentirem a superfície úmida e musgosa das paredes. As imagens descritas por Nara desfilaram diante dele, em procissão, e um fluxo, nítido e dolorido como a saída de um líquido vital do corpo, correu dele para as paredes. Um tremor percorreu o lugar do chão ao teto, e a forma da pseudo-fortaleza mudou. As paredes encurvaram-se, a entrada desapareceu, o teto transformou-se numa cúpula e o piso de plano passou a côncavo.

Todos, exceto ele, admiraram a transmutação, maravilhados. Nara tomou seu rosto entre as mãos e falou num tom estranho, uma voz entre o pedido suave e a ordem severa:

— Agora, tire-nos daqui. Para Shimandur!

As mãos pressionaram as paredes, um novo tremor sacudiu a esfera, a terra abaixo abriu-se num buraco enorme, que se perdia nas profundezas, a esfera mergulhou no solo e arremeteu para o sul, sacolejando, embora o avanço fosse contínuo e veloz. Alex perdeu o senso de orientação e, com seus companheiros, chacoalhava: não sabia se estava em lugar alto ou baixo, não mais divisava frente e atrás. Nara controlava o tremular nervoso da agulha da bússola, enquanto gritava uma sucessão de indicações para ele: esquerda, direita, suba, desça.

Finalmente, após um intervalo de tempo que pareceu interminável a Alex, ela juntou seus olhos aos dele mais uma vez e berrou:

— Estamos em casa. Volte a si, libere o manah que resta e liberte-se. Agora!

O grito estridente irritou os nervos de Alex, e isso o trouxe de volta ao mundo exterior. Um último jorro de manah escapou e dispersou-se, cessando tudo. A esfera parou de súbito, o que os jogou ao chão, e voltou a ser o abrigo retangular. Todos se estatelaram em posições constrangedoras, das quais fugiram imediatamente.

Nara levantou-se, puxou Alex e apalpou seu rosto.

— Perfeito. Você nos trouxe exatamente onde deveríamos chegar. Como se sente? Ele apertou o crânio entre as mãos e resmungou:

— A cabeça dói muito e as mãos estão formigando. E sinto como se estivesse há dias sem comer e dormir.

— Amanhã estará bem, mas você deve fazer essas duas coisas, sem economia.

Em seguida, ela apanhou um lampião na mochila de Marcus, e após acendê-lo, foi até a entrada, espiando os arredores. A luz revelou um túnel baixo e apertado, feito de pedras cinzentas e lisas bem encaixadas, que corria para leste. Nara fez sinal para acompanharem-na.

— Onde estamos? — quis saber Oliver, apoiando-se em Juara e Marcus.

— Nos túneis que correm embaixo da Fortaleza dos Fundadores e arredores. Vamos, andem.

Vendo que ela não esperaria mais, eles entraram no túnel. A curvatura elegante do teto e o assentamento perfeito dos blocos regulares davam-lhe um ar de imponência e passado rico em segredos, e o ar que circulava era limpo e seco.

Caminharam em silêncio, até que Marcus não se conteve mais:

— Eu disse, para que tudo isso? Uma loucura, uma coisa inútil. O que conseguimos? Estamos feridos, cansados, meio mor...

Nara parou, fez um gesto bruto para ele e respondeu:

— Vocês não compreendem? Ficamos frente à frente com um ser que privou da companhia e presença dos deuses doadores, um ser que, dentro da existência, governa um plano. Voltamos mudados, algo ocorreu, mais ainda não sabemos bem o quê. E você, Alex, bem... Não, meus acompanhantes, muito aconteceu, mas não temos condições no momento para discutir isso.

— Maga, sei o que ocorreu — Oliver declarou. — O manah entrou em Alex e não em você, certo? Ele tornou-se, portanto um dos Elevados, e isso é algo muito importante e espantoso, implicando numa série de consequências. Nossas relações não terminam aqui, haverá muita coisa a discutir e a ser feita.

Nara rosnou a resposta:

— Até isso você conhece e quer usar para me enfrentar? Trataremos dessa contenda em outra ocasião. Estou cansada, como todos. — E completou com voz seca: — Precisamos de cuidados, de nossas camas, e de sonhos.

— Será assim.

O resto do percurso teve apenas o som dos passos.

Para Alex, a breve discussão entre a maga e o cantante não tivera o mais reles sentido. Falaram como se ele tivesse se tornado um tipo perigoso e forte de mago, um ser muito poderoso. Por que não lhe perguntaram o que sentia? A sensação era de que muito de si tinha-lhe sido tirado e nada de grande ou admirável ganho. O corpo estava fraco, os olhos não distinguiam objetos distantes, qualquer mínimo pensamento era acompanhado de uma dor que reverberava pelo crânio, o sono pesava. Estavam brincando com ele e com seu destino desgraçado. Ele não era mago e mexera com o manah, que tanto odiava e temia. Certamente coisas ruins, ainda piores, lhe aconteceriam, mas seu estado físico e mental não permitia pensamentos profundos.

O túnel inclinou-se trinta graus, e após cem metros difíceis, surgiu uma porta de madeira enegrecida, fechada por uma barra de pau-ferro. Abriram-na com dificuldade — a maga ao lado, segurando o lampião — e a luz da manhã saudou-os. Após três degraus empoeirados, viram-se na antiga e abandonada guarita de tijolos pintados, postada no topo da Terceira Colina, uma das três elevações no meio das quais fora erguido o forte que deu origem a Shimandur.

Espiaram as proximidades. Alguns bêbados e mendigos dormiam no pé da colina, e um vigilante público, ostentando o uniforme azul com bordados, fivelas e pregas, ia ao longe, apressado e nervoso, de costas para eles. Aproveitaram o momento e saíram. O ar estava puro e fresco, a luz do sol caía intensa e firme, e o profundo azul do céu convidava a admiração. Restos de orvalho ainda brilhavam nas árvores e plantas floridas que cobriam a colina, o canto de diversos pássaros circulava com a brisa. Sentaram-se na grama e contemplaram, aliviados, as velhas e elaboradas fachadas dos edifícios que compunham o centro original da cidade.

Foi então que viram. Quatro torres circundavam a colina em que descansavam. Oliver e Nara ficaram perplexos; era a primeira vez que as torres da chuva surgiam na Fortaleza dos Fundadores, e a primeira vez que se viam torres tortas: estavam um pouco inclinadas, seus topos voltados para a guarita. Alex voltou-se para a torre a leste e estudou os intrincados relevos gravados na superfície. Eram estranhos, sem dúvida, mas vistos em conjunto mostravam grande beleza. Atrás dela estava a Fortaleza, suas paredes de pedra cercadas pelo cheiro dos séculos.

O mal-estar e o cansaço abrandaram o suficiente para ele levantar-se e aspirar o ar. A inquietação e a dúvida dolorosa sobre o que ele se tornara e o que aconteceria também diminuíram. O sol e o ar como que alimentaram seu corpo e espírito. Olhou para os demais. Nara largou-se na relva com graça e naturalidade, numa pose que lhe agradou, pois lembrou o que tinham feito pouco antes. Alex sentiu desejo de tê-la mais uma vez. Reparando nos olhos da maga, notou que, pela primeira vez, ela observava Juara diretamente, não o evitava, e Juara a encarava sem lascívia nos olhos. Marcus movia a cabeça para lá e cá e Oliver dava baforadas no cachimbo. Antes de a desconfiança que a estranha calma do músico lhe causou dominar sua consciência, Alex levantou-se e numa voz cheia disse:

— Vamos embora.

Entraram na Rua da Riqueza Sem-fim, repleta de prédios que combinavam com o nome. Após duzentos metros, deram com um ponto de coches onde um grupo de condutores, todos de meia-idade, meio obesos e muito animados, vestindo seus tradicionais uniformes marrons, sem enfeites e puídos, conversavam ao lado de seus veículos. Os homens ficaram muito sobressaltados ao verem uma trupe imunda, esfarrapada e de ar sombrio, surgir em uma manhã tão bela, querendo usar seus veículos. Dois deles apontaram para a Rua da Fundação, sugeriram que usassem os coches de lá, e já se desfaziam em desculpas para não prestarem serviço a um grupo tão estranho.

Sem se alterar, Oliver tirou mais de cinquenta sertos de um bolso, distribuiu o dinheiro e ordenou que abrissem as portas dos coches.

Nara e Marcus entraram em um, Oliver e Juara em outro, e Alex pegou um terceiro. Antes de entrar, sentiu um toque no ombro e virou-se. O músico parecia outra criatura, e não o sujeito cheio de volume, vivacidade e palavras portentosas que ele conhecera há poucos dias: como a dos demais, sua roupa exibia vários rasgos e inúmeras manchas de lama. Ele tinha olheiras fundas e olhos caídos e o corpo estava curvado. Sua voz saiu rouca:

— Daqui a alguns dias nos encontraremos. Muito aconteceu e muito vai acontecer.

Alex fez um gesto de concordância, entrou e jogou-se no assento. Um coche passou, Nara na janela. Ela lançou-lhe um olhar tão carregado e complexo que ele desviou-se de imediato. Balbuciou o destino ao condutor, a cabeça caiu para trás e ele fechou os olhos, ignorando o cenário que passava.